1

천마신교 낙양지부

정보석 新무협 판타지 소설

FANTASTIC ORIENTAL HEROES

天魔神教
洛陽支部

천마신교
낙양지부

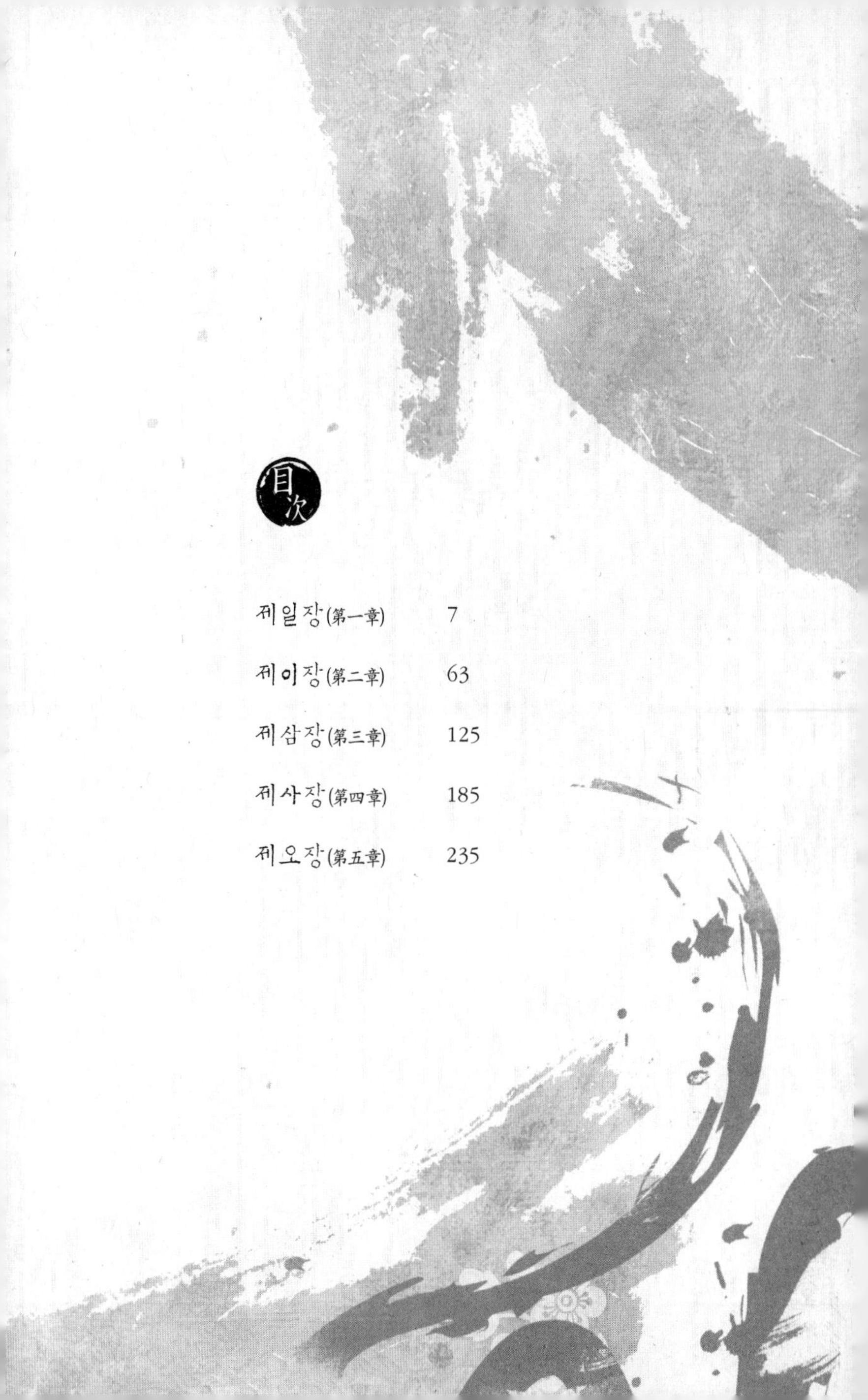

目次

제일장(第一章)

피월려는 피곤하기 짝이 없는 몸뚱이를 펴며 힘겹게 고개를 들어 앞을 보았다.

"지독히도 높군."

나무가 무수히 많은 것도 아니고 그렇다고 시야가 훤히 트인 것도 아닌 어정쩡한 산중턱에서 그는 짧게 독백했다. 서늘한 바람이 불어 몸을 씻기는데도 피월려는 바람마저 귀찮게 느껴졌다.

"칫."

갑자기 여기 온 이유가 생각이 나자 그는 기가 막힌다는 듯이 짧은 웃음소리를 냈다. 생각하면 할수록 어이없기도 하고 짜증 난다.

그래서 기분도 전환할 겸 피월려는 검을 꺼내 보았다. 그것은 조금 전 마을에서 대장장이에게 막 건네받은 것이다. 검을 꺼낼 때 스르릉 하며 낮게 으르렁거리는 것이 짐승의 울음소리 같았다.

산을 휩쓰는 가을의 기운과 더불어 살짝 추위가 느껴졌다.

피월려는 손가락을 들어 검신을 쓸어보았다. 차가운 공기에도 화로에서 주입된 화기가 안에서부터 끓어오르는 듯했다. 피월려는 검에 모든 정신을 빼앗겼다.

검신과 검날의 이어지는 부분이 가히 예술적이라 할 만했다.

"검은 아름다운 것이다."

스승님의 말이 귓가에 울렸다. 피월려는 그것이 환청이라는 것을 너무나도 잘 알고 있지만 그래도 혹시나 하는 마음에 주위를 둘러보았다. 서늘한 바람뿐이다. 그리고 저물어가는 해의 붉은 그림자가 보였다.

그는 재빨리 검을 검집에 넣고 다리를 움직였다. 평소라면 아무리 급해도 뛰지 않지만, 절대 늦으면 안 되는 중요한 약속이 있는데 그만 늦어버렸다.

여러 그루의 나무를 지나자 지형이 점차 평평해지더니 곧 스승님이 말했던 넓은 공터가 나왔다.

"늦었군."

그곳에는 누가 보아도 잘나가는 대공자의 표본인 이십 대 중반의 남자가 팔짱을 끼고 서 있었다. 검은색과 흰색이 조화를 극으로 이룬 그의 옷은 아무리 싸게 잡아도 집 한 채값은 될 것 같았다.

그리고 그런 도련님이 가는 곳이라면 절대로 빠지지 않는 늙은 호위무사 두 명이 그의 양옆을 지키고 있었다.

그들 역시 흑백의 조화가 돋보이는 옷을 입었는데 심지어 검은 머리카락 속에 솟아난 흰머리조차 그 조화에 이바지하는 지경이다.

그런데 묘한 적색이 완벽하다 해도 좋을 그 흑백의 조화에 자리 잡고 있었다.

보기만 해도 정신이 혼미해질 정도로 아름답고 젊은 묘령의 여인이, 피처럼 붉은 바탕에 금실의 용무늬가 수놓인 천으로 아슬아슬하게 몸을 가리고 있었다. 그 여인은 그 남자의 품에서 좀처럼 떨어지지 않고 오직 그의 얼굴만을 바라보고 있었다.

미녀는 무관심한 남자에게 오히려 관심을 보인다 했던가? 만약 그녀가 피월려에게 눈길이라도 줬다면 피월려는 무관심한 눈빛으로 마주 볼 생각이었으나, 이 미녀는 도통 단 한 번의 눈빛도 주질 않았다. 아무리 관심 없는 척을 해봐도 여자가 신경도 안 쓰면 무슨 소용이랴.

"크흠!"

그 남자가 헛기침을 하자 피월려는 그 여자에게서 눈을 뗐다.

"아, 미안하게 됐소. 그대의 여인이오? 참으로 아름답소."

자기 여자를 칭찬하는데 기분이 안 좋을 리 없다. 그 남자는 슬며시 미소를 지었다. 거만함과 우월감이 엿보이는 미소이다.

피월려는 그 미소를 보곤 기가 찼다.

죽음을 담보로 하는 생사혈전을 하러 온 마당에 멋들어진 옷과 여자와 호위무사를 대동하는 성품이라……. 왠지 이번 일은 쉽게 풀릴 것 같았다.

이번에는 그 남자가 헛기침을 몇 번 하고는 물었다.

"성함이 어떻게 되시오?"

피월려는 간단하게 대답했다.

"피월려라 부르시오."

"좋소, 피월려. 조진소께서 그대의 스승 되시오?"

다른 사람의 입에서 스승님의 이름을 듣는 것은 생소한 일이다. 스승과 단둘이 보낸 시간이 많은 피월려는 자신의 입으로도, 스승의 입으로도 그 이름을 들을 기회가 많지 않았기 때문이다.

피월려가 대답했다.

"그 전에 본인의 이름부터 밝히시오. 상관없는 사람에게 내 이야……."

그 사내가 피월려의 말을 자르며 당당히 말했다.

"내 이름은 천서휘. 난 서화능의 제자가 맞소. 그러니 대답하시오. 조진소의 제자가 맞으시오?"

"……."

피월려는 천서휘라는 청년이 굉장히 싫어졌다.

피월려는 검을 뽑아 들었다.

"이봐."

그와 동시에 두 늙은 호위무사가 앞으로 나서려 했으나 천서휘가 손을 들어 막았다.

천서휘는 가소롭다는 듯이 반문했다.

"왜?"

"여기까지 오면서 무슨 생각이 든 줄 아나? 내가 제자가 되기도 전에 본인들끼리 멋대로 한 약속 때문에 누구를 죽이든지 죽임을 당하든지 해야 하는 짜증 나고 열받기 이를 데 없는 일을 왜 내가 해야 하는지 회의를 느끼고 있었다. 생사혈전을 하려면 본인들끼리 하면 되지 왜 제자들을 내세워서 이 난리를 피우냔 말이야. 그런 생각 안 드나?"

천서휘의 입가에 작은 비웃음이 서렸다.

"후후후, 변명거리를 찾고 싶거든 그렇게 해라. 하지만 넌 이미 검을 뽑았으니 이대로 도망치……."

"아, 그런 뜻이 아니야. 나는 스스로에게 동기를 부여하고 싶다는 거지."

"무슨 뜻이지?"

피월려는 검을 휙휙 휘두르며 몸을 풀었다.

"진 놈이 이긴 놈의 소원을 들어주는 거다."

천서휘의 얼굴이 굳어지며 낮은 음성이 음산하게 울렸다.

"생사혈전이니만큼 진 놈은 죽는 거다."

"그러니 소원은 그 전에 말해야겠지."

"하! 어이없군. 그래, 들어나 보지. 내게 뭘 원하나?"

피월려는 검을 들어 옆의 미녀를 가리켰다.

"하루만 줘."

순간, 천서휘의 얼굴이 분노로 일그러졌다.

성공이다.

"개새끼가!"

천서휘는 욕설을 내지르며 범인으로는 상상할 수 없는 속도로 화살처럼 날아왔다. 천서휘가 피월려의 지척에 도달했을 때는 이미 천서휘의 손에 검이 들려 있었다.

신속한 보법과 발검이 완벽하게 조화된 초식이다. 웬만한 사람이면 피해야겠다고 생각하는 순간 목이 날아갈 것이 분명했다.

피월려도 이 검을 피하는 것은 절대로 불가능하다고 단정 지었다.

그러나 방향이 잘못되었다. 정면, 그것도 직선이었다. 초식의 운용은 수많은 연습을 통해서 어떠한 상황에서도 일정하게 펼칠 수 있게 되지만, 그 외의 부수적인 것은 그때그때의 상황에 따라 변하는 법이다.

너무나 한심한 검로 때문에 하품이 나올 지경이다. 어떻게 이렇게 강대하기 짝이 없는 초식으로 이런 검로를 선보이는지 이해할 수가 없을 정도다.

도저히 피할 수 없는 쾌검이지만 단순한 검로 탓에 해법이 너무도 쉬웠다.

피월려는 하늘을 보았다. 아직 멀었다. 피월려는 구름을 보고 미녀를 흘끔거린 다음 옆의 나무를 보았다. 아직이다. 그는 다시금 미녀를 흘끔거리고 땅을 한 번 보고 다시 미녀를 흘끔거렸다. 됐다. 그는 몸을 비스듬히 뉘며 검을 천서휘의 검로 속에 슬쩍 넣었다.

천서휘의 검이 피월려의 어깻죽지를 날카롭게 베고 들어왔다. 피월려의 살이 찢어지며 피가 튀어 천서휘의 얼굴에 닿으려는 순간 비로소 피월려의 검날이 천서휘에 몸에 닿았다. 어깨와는 비교도 할 수 없을 정도로 중요한, 바로 심장을 정확하게 겨누고 있었다.

승리를 장담하며 속으로 피월려를 비웃던 천서휘는 절체절명의 위기를 느꼈다. 심장 언저리에서 느껴지는 서늘한 예기(銳氣)는 죽음까지도 예고하는 절초(絶招)였기 때문이다.

살을 주고 뼈를 취하려 하는구나!

천서휘에게 말할 시간이 있었다면 이미 그렇게 외쳤을 것이다. 그리고 시간이 좀 더 있었다면 욕설 몇 개 정도는 추가했을 것이다.

사실 피월려는 검을 찔러 넣지 않았다. 신속하게 움직이는 천서휘의 신체를 벨 정도로 쾌검의 달인도 아니었고 그럴 힘도 없었다. 그는 단지 적당한 위치에 검을 댄 것뿐이다. 천서휘의 심장이 알아서 와서 박히도록.

피월려는 어깨에서 고통이 느껴짐과 동시에 이 허무한 생사혈전이 끝났다고 생각했다. 검에 아무런 힘도 주지 않았기 때문에 심장으로 파고들지는 않겠지만, 이 정도면 완벽한 승리를 주장할 수 있는 충분한 증거가 될 수 있기 때문이다. 안도하며 무심코 옆을 보았을 때, 그의 옆에는 분명히 저 멀리 서 있어야 할 두 호위무사가 강맹한 기운을 품은 시퍼런 눈빛으로 그를 노려보며 서 있었다.

두 늙은 호위무사 중 한 명이 피월려의 검날을 잡았고, 다른 사람이 피월려의 배에 주먹을 찔러 넣었다.

'필사(必死).'

피월려는 죽음을 생각했고, 그렇게 정신을 잃어버렸다.

세상은 언제나 불공평한 법이다.

*　　　*　　　*

피월려의 오감 중 가장 먼저 제 기능을 하기 시작한 것은 후각이었다. 아늑하게 느껴지는 꽃향기는 어지럽고 혼란스러운 피월려의 정신을 은은하게 감싸 안았다. 그런데 그 냄새는 생기가 충만한 꽃밭의 향기가 아니었다. 이런저런 죽은 꽃을 넣어서 향기를 되살려 낸 인공적인 것이다.

온몸에 감각이 서서히 돌아오며 이 방 안에 누군가 있어 옷깃 스치는 소리를 들은 피월려는 그대로 눈을 감은 채 말했다.

"향기가 좋소."

"정신이 드셨나요?"

좋은 목소리였다. 피월려는 마음속으로 충분한 기대를 하고 살며시 눈을 떴다.

천서휘의 정인인 듯했던 그 미녀가 보였다. 아름답기 짝이 없는 모습과 그 이상의 매력이 물씬 풍겼다.

"이렇게 아름다운 여인의 간호를 받았다니 영광이오."

그 미녀가 물었다.

"영광이랄 것까지 있나요?"

"물론이오. 내 평생 지금까지 이 정도의 미녀에게 간호를 받아본 적이 없소."

"설마요. 호호호, 재밌는 분이군요."

그 미녀의 웃음을 뒤로하고 피월려는 방 안을 둘러보며 물었다.

"그런데 여긴 어디이오?"

그녀가 눈길을 옆으로 돌려 약이 담긴 사발을 들더니 밝은 미소를 지으며 피월려에게 건넸다.

"휘 랑께서 맡고 계시는 작은 거처이지요."

"휘 랑이라면 천서휘를 말하는 것이오?"

피월려는 사발을 받아 꿀꺽꿀꺽 마셨다.

"네."

피월려는 빈 사발을 가만히 내려다보았다. 독약이 아닐까 순간적으로 의심이 들었지만, 그것만큼 바보 같은 생각도 없다. 독약을 먹일 것이었다면 살려놓을 이유가 없다.

"의외군. 백도인이라 할지라도 생사혈전의 패자에게 자비를 베푸는 것은 패자 본인의 명예를 훼손시킨다 하여 금하는 것이 보통인데, 흑도인이 생사혈전의 패자에게 자비를 베푼다……."

"혹시 명예가 상했다고 생각하시면 언제든 자결하셔도 상관없습니다."

여인은 웃고 있었다. 그 표정이 너무 순수하여 피월려는 그녀의 말을 잘못 들었다고 생각했다. 하지만 그녀의 눈동자에는 묘한 장난기가 서려 있었다. 피월려는 물끄러미 그녀를 응시하고는 고개를 도리도리 흔들었다.

"그거 농이오?"

"네. 재미가 없었나요?"

너무나 진지한 나머지 재미는커녕 살벌하기까지 했다.

"뭐, 나름 재미있었소. 그런데 묻지 않을 수 없군. 왜 나를 살리셨소?"

여인은 고개를 움직이며 살포시 눈웃음을 쳤다.

"그 전에, 저도 궁금한 게 있어요."

"말씀해 보시오."

"왜 화를 안 내시죠?"

미녀의 눈빛에 스며 있는 호기심의 근원이 밝혀지는 순간이다. 피월려가 화를 내지 않았기 때문이라니…….

피월려는 허무함을 느꼈다. 이 세상 어떤 남자라도 미녀가 자기에게 호기심을 품으면 혹시나 기대하는 마음이 생기게 마련이다.

피월려는 섭섭한 마음을 숨기고 물었다.

"내가 화를 내야 하는 것이 정상이오?"

"당연하죠."

"생사혈전에 타인이 개입했으니?"

그녀는 어린아이처럼 고개를 끄덕였다. 피월려는 어깨를 들썩이며 씁쓸한 미소를 지었다.

"죽은 놈은 말이 없는 법이오. 그리고 생사혈전의 패자는 죽은 목숨이고. 비겁이고 뭐고 죽은 놈은 그냥 죽은 것이오."

"푸훗, 호호호!"

처음으로 그녀가 소리 내어 웃었다. 그 웃음소리는 마치 운율이 담긴 옥소 같은 소리다.

피월려는 그 웃음에 당황하지 않을 수 없었다. 그는 지금 이 아름다운 여인에게 무림의 냉혹함을 알려줄 마음으로 진지하게 말한 것이기 때문이다.

그런데 웃어버린다.

피월려는 자기가 이상한 건지 아니면 그녀, 서린지가 이상한 건지 헷갈리기 시작했다.

"하아, 실례했어요."

이제 와서 입을 가려봤자 아무 소용이 없었지만 피월려는 그것을 지적하고 싶은 생각이 없었다. 벌어진 입속의 하얀 치아조차 아름다움에서 벗어나지 않았기 때문이다.

그때 피월려는 그녀의 웃음이 냉소일 수도 있다는 생각을 하게 되어 물었다.

"혹시나 해서 묻는 것인데, 백도인이시오?"

만약 그렇다면 대단한 실례가 아닐 수 없었다. 다행히 그녀는 미소를 잃지 않았다.

"실망이에요. 제가 백도인 같아 보이나요?"

"역시… 괜한 물음이었군."

그녀가 고개를 끄덕이며 피월려의 어깨를 보고 물었다.

"그런데 어깨는 어떠세요? 가벼운 외상이라 하던데."

왜 살렸느냐는 주제는 이미 저 멀리 날아갔다. 서린지가 의도한 것인지는 모르겠지만, 이제 와서 물어보기에는 어색한 감이 있었다.

피월려는 단념하며 대답했다.

"어깨는 그럭저럭 괜찮소. 단지 숨 쉴 때마다 갈비뼈가 찔리는 것처럼 따끔한 것이 그 노인분의 일 권에 의한 내상이 좀 있는 것 같소."

"탕약을 꾸준하게 드시면 차도가 보일 거예요. 이곳에 있는 약재 중에 가장 상급으로만 제조했거든요."

그렇게 말한 그녀는 작은 눈웃음을 얼굴에 그렸다.

피월려는 맑은 표정의 그녀의 말투에서 한 줌의 적의도 느끼지 못했다. 그 사실이 새롭게 느껴진 피월려는 처음부터 묻고 싶었지만 물을 수 없던 것을 물었다.

"연인을 죽이려 한 나에게 왜 이렇게 친절한지 물어도 되겠소?"

미녀의 표정은 어떠한 변화도 없었다.

"당신에게서 어떠한 살기도 느끼지 못했어요. 그때 휘 랑의 심장을 겨눌 때에도 아무런 힘도 없이 비스듬한 각도로 그저 가져다 댄 것이잖아요. 검날이 휘 랑의 심장에 닿지도 못하고 밀렸을 거예요."

피월려는 이 미녀에게 적지 않게 감탄했다. 눈앞에서 자세히 본다 하더라도 놓칠 수밖에 없는 그 움직임을 그 거리에서 이토록 자세하게 분석까지 할 수 있는 고수가 세상에 얼마나 있을까?

그때, 갑자기 뒤쪽의 문이 열리면서 흑의의 천서휘가 나타났다.

좀 전부터 문 뒤에 서 있었던 천서휘는 서린지의 마지막 말을 듣고서야 그녀가 자신이 엿듣고 있다는 것을 알고 있음을 인지했다.

그리고 그런 자신의 모습에 화가 나 문을 거칠게 열고 들어

온 것이다.

"차도가 조금 보이는 것 같군. 지 매와 말을 잘하는 거 보니. 지 매, 자리 좀 비켜주겠어?"

천서휘의 눈길은 피월려에게 고정되어 있었다. 그러나 천서휘는 초면에 보았던 거만한 면모는 보이지 않았다. 피월려는 미녀에게 눈길을 돌렸다.

"성함의 나머지도 알 수 있겠소?"

"서린지예요."

서린지가 조신한 목소리로 말했다. 피월려는 급변한 그녀의 어투에 그녀가 천서휘를 상당히 의식한다는 것을 느낄 수 있었다.

"나는 피월려라 하오."

서린지는 피월려의 말에 고개를 살짝 숙이고는 곧 천서휘에게 고개를 돌렸다.

"이야기들 나누세요."

그녀는 밖으로 걸음을 옮겼다.

그렇게 사내 둘만 남으니 방 안의 공기가 차갑고 낮게 가라앉았다.

천서휘가 무표정한 얼굴로 말했다.

"지 매의 웃음소리가 밖에까지 들리더군."

"참다 참다 나온 소리이니 클 수밖에."

"……."

"왔으면 말을 해야지 왜 침묵하지?"

천서휘는 말하지 않았다. 그저 눈길을 아래에 두고 생각에 잠기는 듯했다. 그러나 곧 무겁게 보이는 입이 열렸다.

"사과하러 왔다."

"무엇을?"

"누가 보아도 나의 패배야. 죽었어야 할 놈은 나다."

"그래서 날 살린 건가? 사과하려고?"

천서휘는 그 질문에는 대답하지 않았다. 그저 자신의 할 말을 이어나갔다.

"영감들에게 책임을 전가하고 싶지 않아. 다 내 잘못이다."

피월려는 천서휘의 목소리와 눈빛에서 진심을 읽었다. 천서휘는 진심으로 부끄러워하고 있었다.

낭인으로 밑바닥에서 굴러먹던 피월려는 이해하기 어려웠지만, 번듯한 무림인들 대부분은 천서휘처럼 자존심이 강해 이런 일은 다반사다.

그런데 생각해 보니 애초에 호위무사를 주렁주렁 달고 온 녀석이 바로 천서휘다. 이 부분은 그냥 넘어가기 어려웠다.

"수치스러워하는 그 기분은 잘 알겠지만, 호위무사와 연인을 대동한 건 너다, 천서휘."

천서휘의 눈썹이 꿈틀거리며 이마에 내 천 자가 진하게 그어졌다.

"그 노괴들은 내 명령을 듣지 않는다. 그녀 역시 내 말을 듣지 않았지. 나 또한 당연히 질 리 없다고 생각했기에 묵인했고. 그저 애송이 하나를 상대하는 기분으로 그곳에 갔었다."

천서휘는 눈에 띄게 얼굴이 붉어지며 말을 끝냈다. 피월려는 천서휘가 변명하는 것 자체 또한 매우 수치스러워한다는 것을 충분히 알 수 있었다.

마음 같아서는 더욱 추궁하고 싶었다. 그러나 바로 지금 이 순간 약자는 피월려였다.

그는 속내를 감추었다.

"뭐, 목숨을 잃은 것도 아니고, 직접적인 원한이 있는 것도 아니고, 스승님들의 자존심 문제에 일어난 일이니 이번 일은 잊도록 하지."

"그럼 그렇게 알겠다."

천서휘는 그대로 자리에서 일어났다.

그런데 그때, 피월려는 순간 자신이 엄청난 것을 놓쳤다는 것을 느끼고는 고통을 무시하며 큰 소리로 말했다.

"이봐!"

"왜 그러지?"

“그래서, 내가 이긴 거 맞지?”

천서휘의 움직임이 우두커니 멈췄다.

“그게 중요한가? 그래, 네가 이겼다, 피월려.”

“좋아, 그럼 소원을 들어줘야지?”

“소원?”

“기억 못 하나? 진 놈이 이긴 놈의 소원 들어주기로. 자, 지금 바로 나가서 서린지 처자를 데려와. 하루만 쓰고 주지.”

피월려는 천서휘가 화를 참지 못할 것으로 생각했다. 그것을 보고 싶은 마음에 도발한 것이니까. 그러나 천서휘는 이상하게도 고개를 위로 젖히고 광소를 터뜨렸다. 그러고는 돌아보지도 않고 물었다.

“네가 이곳에 얼마나 누워 있었는지 아는가?”

“얼마나 있었지?”

“오늘이 삼 일째다. 네놈은 하루가 아니라 사흘 동안 빌려 갔어. 그러니 더는 할 말 없을 터!”

천서휘는 보법을 방불케 하는 거친 발걸음으로 방을 나섰다.

피월려는 천서휘의 뒷모습에서 눈을 떼며 헛웃음을 지었다.

오랜만이었다, 이런 재밌는 사람들을 만난 것은.

*　　　*　　　*

이틀이 지났다.

어깨의 외상은 오 일 만에 완치라고 해도 좋을 정도로 회복되었다. 하지만 이상하게도 복부의 내상은 전혀 차도가 보이지 않았다. 인상이 차가운 시녀를 제외하고 이틀 동안의 유일한 손님이었던 서린지가 말하기를, 제대로 알아보니 탕약으로도 겨우 악화를 면하게 하는 정도의 내상이라고 했다.

기본적인 운동을 끝낸 피월려는 가부좌를 틀고 명상을 하기 시작했다. 막 아늑한 정신세계 속에 몸을 던지려 할 때, 문밖에서 기이한 기척이 느껴졌다. 날카롭게 잘 벼려진 것이 무사의 기척이 확실하나 어딘지 모르게 허술한 느낌의 기척이다.

피월려는 불쾌한 마음으로 명상을 중단하고 입을 열었다.

"누구시오?"

쿵! 쾅!

우스꽝스러운 소리가 연거푸 울리더니 한 사내가 머리를 긁적이며 안으로 들어섰다. 평균 키보다 한 뼘 정도 작은 키에 걷는 것이 가볍고 날쌨다. 칙칙한 검은 무복을 입고 있었으나 사방으로 뻗친 그의 머리카락이 생동감을 더했다. 게다가 자신의 키보다 더 큰 두 자루의 검이 검집도 없이 달랑거리며 그의 허리춤에 묘하게 매달려 있었다.

주근깨가 볼과 코 주변에 있었고 그리 어려 보이지는 않았다. 작은 체구가 그런 오해를 살 만했지만 얼굴의 상처들과 무사의 눈빛은 그의 나이를 짐작하게 했다.

그래도 사내의 입가에는 장난기가 가득해 소년의 분위기를 풍겼다.

"이야, 역시 소문의 주인공답게 무인처럼 생긴 자식이군그래? 어이, 몸은 괜찮나?"

초면에도 벽을 전혀 느낄 수 없게 만드는 대단한 친화력의 사내를 보며 피월려는 당황하여 무슨 말을 꺼내야 좋을지 몰랐다.

그래서 포권을 취하며 말했다.

"피월려라 하오. 몸은 괜……."

"뭐야, 싱겁게. 소오진 같은 녀석이 또 들어오는 건가? 하아, 망해가는구나."

갑자기 한탄으로 넘어간 그 사내는 고개를 도리도리 흔들며 말을 이었다.

"내 이름은 나지오다."

피월려는 또다시 포권을 취했다.

"나 선배를 뵙소."

"오냐."

피월려는 어이없다는 듯이 나지오를 보았으나, 나지오는 방 안을 둘러보며 털썩 침상에 걸터앉았기에 피월려의 눈길을 볼 수 없었다.

피월려가 물었다.

"그런데 소문의 주인공이라는 말은 무슨 말이오?"

"응?"

"아까 방 안으로 들어오시면서 소문의 주인공이라 하지 않았소?"

"아, 그거?"

나지오가 게슴츠레 눈빛이 변하며 손가락 하나를 폈다.

"지부 내에 소문이 쫙 퍼졌다고. 천 공자하고 한판 붙었다면서?"

피월려는 나지오의 말 속에 있는 '지부'라는 단어에 관심이 쏠렸다. 그가 듣기로 이곳은 천서휘가 관리하는 작은 거처라고 했다. 작은 거처의 의미가 언제부터 지부가 되었는가?

"지부라 하시면… 여기가 정확히 어디요?"

"뭐야? 그것도 여태 몰랐던 거야?"

"서 소저가 이르기를 이곳은 천 공자가 맡고 있는 작은 처소라고 했을 뿐, 그 이외에 다른 언급은 없었소. 그런데 지부라 하니 뭔가 제 생각과는 다른 곳이 아닌가 하오만."

"서 소저? 서 소저가 누구지?"

"서린지 소저 말이오. 나를 간호해 준 여인이오. 천 공자와는 연인으로 보였소만."

"아아, 지 매를 말하는 건가? 흐음, 지 매가 그래? 여기가 작은 처소라고?"

"그렇소."

나지오는 잠시 고개를 숙이고 고민하더니 낄낄대며 작게 웃었다.

"지 매가 그렇게 말했다면 그런 것이겠지. 낄낄낄. 뭐, 틀린 말은 아니니까."

피월려는 나지오의 말에 뭔가 이상한 낌새를 느꼈다. 마치 사기를 당한 사람의 심정과 같은 기분이 들었다. 피월려가 다시 물었다.

"여기가 어디요?"

"천 공자가 맡고 있는 작은 처소야."

서린지의 말과 단 한 치도 틀리지 않게 그대로 내뱉은 나지오의 표정에서는 어린아이의 장난기가 가득 묻어났다. 피월려는 여전히 이곳이 어디인지 궁금했으나 포기하고 물었다.

"그런데 나 선배는 나를 아시오?"

"왜 그렇게 생각하지?"

"나를 알지 못하는 사람이 병문안을 올 리가 없지 않소."

"흐음, 안타깝지만 너랑 나는 이번이 초면이다."

"……."

안하무인에 정신 상태가 멀쩡한지 심히 의심 가는 사내였다.

"몸 상태는 어때?"

피월려는 그를 경계하기 시작했다.

"나를 알지도 못하는 사람이 왜 내 몸에 관심을 두는 것이오?"

"당연하지. 몸이 다 나으면 너랑 붙고 싶어 하는 녀석들이 널렸으니까."

"나랑 붙고 싶어 하는 녀석들?"

"지부 내의 무사란 녀석들은 전부 너랑 한판 붙기를 기대하고 있다고. 굉장한 신참이 들어오는데 가만있는 선배가 어디 있겠어? 킬킬."

"그, 그건 무슨 말이오?"

나지오는 순간 마치 남편의 비밀을 말해 버린 아낙네같이 자신의 입을 가렸다.

"이크! 말해 버렸네. 뭐, 어차피 알게 될 거니까. 몸 간수나 잘해두라고."

"……."

피월려는 나지오가 하는 말 중 태반을 알아들을 수가 없었다. 그래서 피월려는 조용히 나지오가 하는 말을 경청하는 척했다.

나지오가 말했다.

"그런데 한 가지 물어볼 게 있는데 말이야."

"물으시오."

"어떻게 천 공자를 이긴 거야?"

"운이 좋았을 뿐이오."

나지오는 한쪽 볼을 부풀리며 눈을 게슴츠레 떴다.

"그게 끝은 아니겠지?"

피월려는 나지오의 표정을 보고 원하는 대답을 들을 때까지 절대 이 방에서 나가지 않을 것이라는 확신이 들었다. 그래서 그는 최대한 간결하고 신속하게 정황을 설명했다.

"운 좋게 도발에 성공했고, 분노한 천 공자의 검로는 단순했소. 읽기가 쉬웠고, 검로를 끊었을 뿐이오."

"천 공자의 일 초식이 뭐였는데?"

"그걸 내가 알 리가 있겠소? 그저 번개같이 빠른 보법과 조화를 이룬 발검술이라는 것밖에……."

순간 나지오가 피월려의 말을 자르며 굉음과 같은 탄성을 내질렀다. 나지오의 표정은 마치 절대 일어날 수 없는 일을 들었다는 듯했다.

"신검(神劍)! 그걸 깨부쉈다는 거냐?"

"신검?"

"그래, 신검! 그것은 인간의 한계를 넘은 속도, 즉 신속(神速)의 검을 지금까지 막은 사람도, 피한 사람도 없었어."

피월려는 바보가 아니었다.

"그 정도는 아니었소만."

나지오는 순간적으로 당황했다.

찰나의 순간, 나지오의 표정에 장난기가 가득해졌다.

"뭐야, 띄워주겠다는데?"

"삼 할의 힘을 숨기고도 목숨을 장담할 수 없는 무림에서 살아보니 없는 힘을 가지고 허풍 떨다가 객사하는 녀석들을 자주 본지라……."

"그건 머저리고, 진정한 무인은 때론 허풍도 떨 줄 알아야지."

"이것과 그것은 조금 다른 것 같소만."

"뭐, 그렇지. 흐음, 만만치 않은데?"

"칭찬이라면 고맙소."

나지오는 귀까지 걸리는 미소를 크게 지었다.

"그럼 합의로 속검(速劍)이라 하자."

피월려는 단호하게 고개를 저었다.

"쾌검(快劍)이오."

나지오는 얼굴에 순수한 의문을 담았다.

"어째서?"

"단순히 빠르기만 한 속검이라면 아무리 빠르다 하나 피하지 못할 리가 없소. 하지만 그 검은 어느 방향으로 피하든지 나를 따라올 수 있는 검. 단순히 속도만 빠른 것이 아니라 감속과 가속, 그리고 방향 전환까지도 빠른 검이오."

"그래서 쾌검이라?"

"그렇소."

나지오가 놀랍다는 듯이 어깨를 들썩였다.

"일 검이었다고 들었는데 그걸 다 파악한 거냐? 대단한걸!"

"그냥 본능적으로 느꼈을 뿐이오. 천 공자의 검은 알고도 피할 수 없는 검이었소."

나지오가 손을 내밀면서 잠시만 기다리라 손짓한 후 자신의 생각을 정리하는 듯 눈썹을 찡그리다가 말했다.

"그러니까, 내가 궁금한 건 바로 그 점이야. 천 공자의 검이 알고도 피할 수 없는 검이라 한 네 말을 빗대어 말하면 넌 자신에게 신속으로 달려오는……."

"신속이 아니라……."

"아니, 신속이야. 그 속도는 신속이라 칭하는 것이 맞아."

나지오의 눈빛이 순간적으로 날카로워졌다. 마치 차갑게 가라앉은 투기를 담은 무사의 눈빛과 같았다.

피월려는 자기도 모르게 등골이 서늘해졌다.

가벼운 겉모습과 말투 때문에 무의식적으로 망각했지만, 나지오 또한 무림인이다. 그것이 이리도 새삼스럽게 느껴질 줄이야.

허허실실(虛虛實實)이다.

피월려는 나지오라는 사내에게 흥미가 돋았다. 피월려가 조심스레 물었다.

"무슨 말을 하고 싶은 것이오?"

"넌 신속으로 자신에게 날아오는 검을 보고 그 검이 사실 쾌검이라는 사실과 그 검로를 보았다 했다. 맞나?"

"그렇소."

나지오는 광소를 터뜨렸다. 나지오의 웃음과 눈빛이 무슨 의미를 담고 있는지 피월려로서는 도저히 알 수 없었다.

나지오가 잠시 감정을 추스르고 나지막하게 말했다.

"자, 그럼 천 공자의 검에 대해서는 모두 알고 있으니 자신의 검이 궁금하겠군."

"나의 검?"

"그래, 천 공자가 말하는 네 검."

피월려는 갑자기 긴장한 듯이 손바닥에서 땀이 났다. 그는 침을 삼키고 나지오에게 물었다.

"천 공자가… 나의 검에 대해 뭐라 했소?"

갑자기 방문에서 서늘한 바람이 불어왔다. 그것은 방 안의 공기를 씻어 내리며 이상한 기류를 모두 밖으로 날려 보냈다.

그 바람을 모두 마시려는 듯 나지오는 깊게 숨을 들이마셨다. 그리고 말했다.

"궁금하냐?"

아까의 나지오다. 피월려는 모든 것을 포기하듯 말했다.

"나 선배는 도대체가 어떤 사람인지 모르겠소."

"아, 다들 그런 소리를 하지. 킥킥킥."

나지오는 몸을 일으켰다.

"일어나. 나하고 갈 곳이 있어."

그대로 나갈 줄 알았던 나지오의 뜻밖의 말에 피월려는 의문을 표했다.

"갈 곳이라 했소?"

"응, 서화능 지부장님이 널 불렀다."

피월려는 서화능이라는 이름에 정신이 번쩍 들었다.

"서, 서화능이라 했소?"

나지오가 손가락 하나를 들어 어린아이를 꾸짖듯이 말했다.

"지부장의 이름을 함부로 부르다니 간덩이가 부었냐? 나는 상관하지 않는다만 천 공자나 소오진 앞에서는 조심하는 게 좋을 거야."

피월려는 나지오의 말 한마디도 머릿속에 들어오지 않았다. 서화능이라는 이름이 주는 압박감이 그의 사고에 큰 영향을 주었기 때문이다.

그는 의심스러운 눈초리로 물었다.

"서화능 그자가 나를 왜 보자고 하는 것이오?"

나지오는 간단히 말했다.

"널 살린 장본인이다."

"……."

"걸을 수는 있냐? 아니, 없어도 알아서 따라와."

그렇게 말하고 횅하니 나가 버리는 나지오의 뒤를 피월려는 다급히 따라나섰다.

*　　　　*　　　　*

긴 복도는 놀랍도록 고요하고 여러 줄기의 빛만이 겨우 스며들 정도로 어두웠다.

피월려와 나지오는 한 방 앞에 도착했다. 그 방은 한눈에 보아도 이 집의 주인이 살고 있을 것이라는 것을 확연히 드러내듯 휘황찬란한 금실로 크게 '주(主)'라고 쓰여 있었다.

피월려가 나지오에게 물었다.

"내가 치료받은 곳이 본가인 줄은 몰랐소."

매우 조용한 탓에 피월려의 목소리는 복도를 타고 한없이 흘러 작은 메아리가 생겼다.

나지오는 그의 말에 얼굴을 찌푸렸다.

"본가가 뭐야?"

"처소의 가장 중심이 되는 집채 말이오."

"아, 그건 아니고, 본 지부의 모든 방은 서로 연결되어 있어서 밖의 공기를 한 줌도 마시지 않고 원하는 곳으로 갈 수가 있지."

나지오의 말은 곧 지부의 이곳 집들은 나지오와 피월려가 지나온 복도로 거미줄처럼 연결되었다는 것이다.

피월려는 집주인이 상당히 비를 싫어한다고 생각했으나 피월려와 나지오가 걸었던 복도의 길이는 상당했고, 오는 도중에 수 갈래로 나누어지는 복도도 보았으니 단순히 비를 피하려고 이 넓은 곳을 이런 식으로 만들었다는 것은 어불성설이다.

피월려는 놀람을 감추지 못했다.

"각각 집채마다 연결하는 복도를 이렇게 만들었다는 것이오?"

"진법의 기본은 하늘을 피하는 것이니까."

나지오의 표정은 변화가 없었고, 피월려는 이해가 가질 않는다는 듯이 고개를 저었다.

"아무리 그렇다 하나 이런 건축은 궁에서나 볼 수 있는 것이 아니요?"

나지오는 엄지로 방문을 슬쩍 가리켰다.

"돈이 많거든. 그것도 심각하게 말이지."

"……."

나지오는 얼떨떨한 피월려의 얼굴을 보며 입꼬리를 말더니 곧 큰 소리로 방문을 향해 고했다.

"지부장님, 나지오입니다!"

그러자 방 안에서 굵직하고 낮은 목소리가 들렸다.

"들어와."

그 목소리는 마치 방문을 꿰뚫고 귀에다 직접 말하는 것처럼 들렸다. 피월려의 평정심이 그 목소리 하나 때문에 흔들리기 시작했고, 그는 나지오가 문을 열어 방 안으로 들어가는 동안 가만히 서서 마음을 다스려야 했다.

"안 들어오고 뭐해?"

나지오의 재촉에 피월려는 조심스레 방 안으로 들어섰다.

방이라고 하기에는 조금 넓은 그곳은 가지각색의 도자기들이 빙 둘러싸고 있었다. 나무 바닥의 재질과 기둥 하나 없이 지탱되는 원 모양의 천장은 분명히 장인 중 장인의 손길을 거친 것이 틀림없었다.

그 고풍스러운 방의 주인은 중년의 선비처럼 방의 한가운데 앉아 책을 읽고 있었다. 모습만 본다면 온화한 오십 대의 벼슬아치다.

그런데 검을 들고 살기를 띠는 원수를 대하는 것보다 더한 기운이 전신에서 뿜어지고 있었다. 방 안을 가득 메우는 서화능의 기운이 파도처럼 피월려의 정신을 휩쓸었고, 피월려는 숨도 내쉬지 못했다.

나지오가 피월려의 안색을 살피면서 말했다.

"마기(魔氣)를 거두시지요, 지부장님."

서화능은 대답도 하지 않았으나 그의 기운은 거짓말처럼 사라져 버렸다.

서화능이 책장을 넘기던 손을 멈췄다.

"자네가 휘아에게 가르침을 내린 피월려인가?"

피월려는 퍼뜩 정신을 차리며 말했다.

"그렇소."

"그렇소? 네 사부와 동문인 내게 그렇소라고 하였느냐?"

서화능은 말과는 다르게 아무런 기운도 발산하지 않았다. 조금 자신감을 얻은 피월려가 굳은 얼굴로 대답했다.

"스승과 동문이나 스승의 원수도 되시니 말을 높일 수 없소."

서화능의 주름진 얼굴에 비웃음이 서렸다.

"네가 네 사부와 나와의 일을 얼마나 자세히 안다고 그리 말하는 것이냐? 아니, 그 전에 실력이 뒷받침되지 못한 배짱은 오래가지 못하는 법이다. 네 사부가 그리 가르치지 않더냐?"

"……."

아쉽게도 확실히 그런 가르침이 있었다.

"그건 그렇다 치지. 그럼 생명의 은인에게 말을 높이지 못하는 이유는 무엇이냐?"

서화능은 마치 자신이 아닌 타인의 이야기처럼 말했고, 피월려도 그렇게 받았다.

"은인이 나의 생명을 구한 이유를 모르기 때문이오."

"이유를 모른다?"

"오늘의 친구가 내일의 적이 되고 오늘의 적이 내일의 친구가 되는 무림에서 보낸 나날이 내게 그러한 가르침을 주었소."

나지오는 작게 고개를 끄덕이며 동의했다.

서화능은 침묵했다. 옛일을 회상하는 것인지 아니면 후회하는 것인지 그의 무표정한 얼굴로는 도저히 알 수 없었다.

"지부장님, 전 이만 나가보겠습니다."

분위기를 파악하고 기회를 보던 나지오가 그렇게 말했으나 서화능은 피월려를 지그시 응시하며 나지오의 말을 무시했다. 나지오는 이러지도 저러지도 못하고 그저 고개를 숙인 채 한숨만 내쉬었다.

그때, 서화능이 작지만 분명한 목소리로 말했다.

"역시… 조진소는 죽었는가?"

피월려는 순간 마음을 읽힌 것이 아닌가 하는 착각이 들어 잠시 말을 못했다.

"스승님께서는 팔 년 전에 운명하셨소."

"그렇군."

독백하며 눈길을 아래로 돌리는 서화능을 보며 피월려는 자신의 말을 되새겼다. 서화능이 어찌 그렇게 확실하게 물어볼 수 있었는지 피월려는 아무리 생각해도 알지 못했다.

자신의 목소리에서 슬픔을 느낀 것인가, 아니면 눈빛에서 그리움을 본 것인가. 서화능과 피월려는 한동안 말이 없었다. 서로의 생각을 정리하는 데 바빴기 때문이다. 나지오가 눈치만 보고 있는 중에 서화능이 갑자기 주제를 바꾸는 질문을 했다.

"휘아가 말하길, 네 검은 미래를 본다 하더군. 어찌 그것이 가능한 거지?"

갑작스럽기 그지없는 자신에 대한 평가에 대해서 피월려는 당황했다. 그러나 그 말을 이해하자, 자신도 모르게 자신감이 피어났다. 왜냐하면 미래를 본다는 것은 다른 사람에게는 모르나 피월려에게만큼은 특별한 의미가 있기 때문이다.

"스승님으로부터 한 가지 심공(心功)을 전수받았소. 그것을 익혔을 뿐이오."

무공의 가장 기본이 되는 것을 체술(體術)이라 한다. 말 그대로 사람이 몸을 움직이는 법을 체계적으로 잘 모아놓은 것이다.

그런데 체술에 기(氣)를 접목해 기공(氣功)을 완성하면서 무림인들이 쓰는 무공(武功)이 탄생하게 되었다. 흔히 내가기공(內家氣功)과 외가기공(外家氣功)으로 나누는데, 내가기공은 형(形)이 없는 기공을 말하고, 외가기공은 형태(形態)를 내포된 기공을 말한다. 예를 들면 마공(魔功), 화공(火功), 뇌공(雷功)은 내가기공에 속하고, 검공(劍功), 권공(拳功), 수공(手功)은 외가기공에 속한다.

하지만 높은 깨달음을 얻은 몇몇 무림인은 이에 멈추지 않고 정신과 마음에도 기(氣)를 접목해 무공을 만들었다. 지고한 경지의 심득이나 득도하지 않는 한 얻을 수 없는 능력을 기공을 사용하여 인위적으로 취할 수 있게 만든 것이다.

무림인들은 이것을 마음의 무공이라 하여 심공(心功)이라 칭한다. 육신은 한계가 있지만 정신은 무한하기 때문에 더 이상 발전할 곳이 없는 고수들은 어떻게든 심공 하나라도 익혀 깨달음을 얻길 원한다. 하지만 심공은 얻기가 너무나 어렵다. 소림사나 무당파 같은 구파일방에서 수많은 고수를 배출하여 수천 번의 비무 경험들을 담은 기록에서나 겨우 찾아볼 수 있는 무공이다.

따라서 그런 귀한 무공을 받았으니 피월려는 스승님에게 값진 가르침을 받은 셈이다.

서화능이 말했다.

"심공을 전수받았다니 조진소가 스승 노릇은 제대로 했군. 그런데 조진소가 심공을 수련했다는 건 금시초문인데?"

서화능이 묻자 피월려가 대답했다.

"스승님 스스로 창시하셨소."

"스스로 창시했다? 심공을? 설마……. 그 심공의 이름이 무엇이냐?"

"용안(龍眼)이오."

나지오는 놀란 표정으로 피월려를 바라보았고, 서화능의 얼굴은 굳어졌다. 서화능은 날카로운 눈빛으로 피월려를 응시했다.

"용안이 무엇인지나 아느냐? 그것은 모든 것의 근본을 보는 눈이다. 후천적으로 얻을 수 있는 것이 아니다. 무에서 유를 창조하는 것과 같은 일이지."

"하지만 선천적으로 타고난 소수 인간에게 개안(開眼)시킬 수는 있소. 용안심공은 용안을 무에서 창조하는 것이 아니라 잠자고 있는 것을 깨우는 역할을 할 뿐이오."

서화능은 잠시 말없이 생각에 잠겼다가 작게 읊조렸다.

"조진소의 작품이라……. 가능성이 있겠군."

독백에 가까운 말투라 나지오나 피월려는 아무 말도 하지 않고 조용히 그의 심기를 살폈다.

서화능이 생각을 정리한 듯 고개를 끄덕이며 말했다.

"피월려, 입교해라."

그 말이 떨어지기가 무섭게 나지오는 손바닥으로 이마를 치며 한탄했다.

"아! 역시 죽이지 않으신 이유가 바로……!"

피월려는 멍한 얼굴이 되어 나지오와 서화능을 번갈아 쳐다보았다.

"무, 무슨 말이오?"

"입교하라는 이야기다. 용안이 마음에 든다."

"이곳이 교(敎)였소?"

"몰랐느냐?"

피월려는 눈길을 돌려 딴전 부리는 나지오를 흘겨보았다. 천서휘가 맡고 있는 작은 이곳이 무슨 교란 말인가? 피월려는 조심스럽게 물었다.

"이곳이 어디요?"

"천마신교 낙양지부."

"……."

이건 아니다.

천마신교라니?

흑도무림의 정점에 군림하는 극악무도한 마인들의 집단이 아닌가?

어째서 스승님의 동문이자 원수인 서화능이 천마신교의 마인인가?

그렇다면 스승님도 마교인이었다는 것인가?

셀 수 없는 의문이 피월려의 정신을 덮쳤다.

"본 교에 입교하면 적어도 지금보다 배는 강해질 것이다."

피월려는 정신을 차리지 못하다가 재빨리 머리를 흔들었다.

"말도 안 되는 소리 마시오. 아무리 생명의 은인이라 한들……."

서화능의 얼굴에 사악한 미소가 지어지며 피월려의 말을 싹둑 잘랐다.

"난 너를 아직 구해주지 않았다."

피월려는 말문이 순간 막혀 의문의 눈빛으로 대답을 대신했다.

서화능이 말을 이었다.

"지금까지 먹었던 탕약을 먹지 않으면 내상이 너를 하루 안에 죽일 것이다. 그러니 내 말을 듣는 게 좋을 것이다."

피월려의 눈동자가 작게 흔들렸다. 그러나 피월려는 결심했는지 단호하게 말했다.

"설사 내가 죽는다고 해도 스승의 원수 아래로 들어갈 수는 없소."

"그럼 나가라. 나지오, 너는 남아라. 네게 명할 일이 있다."

어이가 없을 정도로 간단한 서화능의 대답에 피월려는 입술을 깨물더니 거친 발걸음으로 서화능의 방을 나왔다. 그 뒷모습에조차 눈길을 주지 않던 서화능은 피월려의 발걸음 소리가 멀어지자 방 안에 남아 있는 나지오에게 말했다.

"명한다. 적당히 따라가다가 진법에 빠져서 길을 잃으면 알아서 챙겨서 내 앞으로 가지고 와라."

나지오는 피식 웃더니 고개를 숙였다.

"존명."

*　　　　*　　　　*

피월려는 비슷하게 생긴 복도를 걷다 보니 어느새 자기가 어디에 있는지도 모르게 되었다. 그러나 피월려는 자신이 길을 잃어버렸다는 사실에 집중하기보다 천마신교라는 이름에서 한 가지 추억을 되새기고 있었다.

피월려는 강호에서 딱 한 번 천마신교의 고수를 만난 적이 있었다. 그리 유쾌하지 못한 만남으로 시작했으나 갑자기 나타난 수십의 공동의 적을 처치하기 위해서 서로에게 등을 맡기고 싸웠고, 그 후에는 피 튀기는 혈전이 끝난 뒤라 처음의 불쾌한 감정이 모두 사라져 이름을 나누고 헤어졌었다.

강호에서 마인이라 불리는 수많은 사람을 보았으나 진정으로 마공을 익힌 천마신교의 고수는 그때가 처음이고 마지막이었다. 그리고 그의 가공할 마공은 왜 그것이 마공(魔功)이라 불리는지 실감 나게 했다.

전신에서 느껴지는 투기와 정신을 아득하게 만드는 광기, 그리고 입술에 살포시 머물고 있던 작은 웃음. 비록 직접 검으로 마주친 것은 아니었지만 같은 편에서 함께 싸운 피월려는 그것을 충분히 느낄 수 있었다.

그것은 충격이었다. 그동안 마인이라 불리는 사람들은 여러 아녀자를 겁탈하거나 수십 명을 도륙한 살인지처럼 악행을 저지른 사람들이라 생각했다. 마공을 익혀 그 힘으로 세상을 어지럽히는 자들이라 생각했다. 하지만 그 진정한 마인은 악행을 저지르는 자가 아니었다.

검이 마(魔)였다. 상대방의 요혈을 정확히 파고들어 가른 뒤 부드럽게 빠져나왔다. 홀로 검무를 추는 여인의 모습과 전혀 다른 것이 없었다. 그도 그럴 것이, 전투 중에 단 한 번도 그의 검로는 방해받지 않았다. 검과 검이 부딪치는 소리는커녕 땅바닥을 훔치는 발걸음 소리조차 나지 않았다.

적은 본 실력을 보여주기도 전에 즉사했다.

그의 무공이 월등히 뛰어난 건 아니었다. 피월려가 한 명을 죽일 때 그도 한 명을 죽였다. 단지 피를 뒤집어쓰며 천우의 기회를 만들거나 찾아내어 살검을 내지른 피월려와 다르게 감히 다가가지 못할 위엄을 내뿜으며 도도히 서 있다 도전하는 적을 단 한 초식으로 단번에 죽여 버렸다.

그의 검은 너무나도 아름다워 감히 다가갈 수 없는 경국지색의 여인과 같았다. 도저히 다가갈 수 없으나 그 아름다움에 취해 결국 스스로를 사지로 인도하는 미련한 남자들처럼 적들도 끓어오르는 투지와 무인으로서 도전하고픈 호승심을 참지 못해 달려들었고, 한없이 부드러운 그 사내의 검에 전부 목숨을 잃었다.

피월려는 마지막 적의 숨통을 끊고 검을 들어 그 사내를 보았다. 그대로 달려가 겨루고 싶다는 충동을 겨우겨우 참다 이기지 못하게 되었을 때, 자신의 귓가로 봄바람 같은 그 사내의 목소리가 들렸다.

'그대는 죽이고 싶지 않군요.'

그때서야 피월려는 제정신을 차릴 수 있었다. 반드시 죽는다는 것을 알면서도 갈 수밖에 없게 만드는 그 무공은 바로 마(魔) 그 자체였다.

피가 비처럼 내리는 가운데 그의 검에는 피 한 방울 묻어있지 않았다. 무표정한 눈빛과 작은 미소를 머금은 그 사내는 검을 집어넣고 자신의 이름을 밝혔다.

"천마신교의 주소군입니다."

"피월려이오."

"달이 밝은 좋은 밤이네요."

"그렇소."

그 사내는 그렇게 사라졌다. 내로라하는 미녀들도 얼굴을 내밀 수 없을 정도로 이목구비가 뚜렷한 그 사내는 말투도, 걸음걸이도, 무공도, 도도한 여인의 것이었다.

그의 마공은 피월려의 마음속에 평생 남았다. 잊으려야 잊을 수가 없는 검이었다. 그런데 그런 검을 익힐 수 있는 천마신교에 입교한다? 그가 화를 내며 방을 박차고 나온 이유는 오히려 그 유혹을 견디기 어려웠기 때문이있다.

"하아, 스승님."

길고 긴 복도에 그의 독백이 미세하게 메아리쳤다.

마음이 답답할 때면 하늘을 바라보는 버릇이 있는 피월려는 고개를 들어 위를 바라보았으나 어두컴컴한 천장으로 막혀 있다.

아니, 뭔가 있다.

"누, 누구시오?"

무심코 고개를 돌렸다. 기척을 전혀 느낄 수 없었는데 누군가 자신을 쳐다보고 있다면 당연히 당황할 수밖에 없다. 특히

나 칼밥 먹고 사는 신세인 무림인은 더욱 그러하다. 그런데 피월려는 검조차 없었다.

피월려는 온몸의 신경이 팽창되는 것을 느꼈다.

갑자기 검은 붕대 같은 것으로 온몸을 칭칭 감고 있는 괴한이 천장에서 떨어져 내렸다. 아니, 정확하게는 바닥을 향해 도약한 것이다. 피월려를 향해 빠른 속도로 내려오는 괴한의 손에는 분명 아무것도 보이지 않았으나, 피월려의 용안에는 날카롭기 그지없는 묘한 예기가 느껴졌다.

피할까, 막을까, 그도 아니면 반격할까? 피월려의 생각이 결정을 내리기도 전에 본능이 먼저 답을 내놓았다. 피월려의 무릎이 기이하게 꺾이면서 상체가 푹 꺼지더니 곧 바닥과 마찰을 일으켰다. 쿵 하는 소리가 날 법하나 그 모든 충격은 피월려의 발목으로 흡수되었고, 그 힘은 증폭되어 발끝에서 쏘아졌다.

바닥을 구르는 듯 보이나 바닥과 몸이 닿지 않은 피월려의 신체는 보통 구르기와는 비교할 수 없는 속도를 가지고 있었다. 천장에서 도약한 그 괴한의 투명한 예기가 닿기도 전에 피월려는 이미 저만치 떨어진 곳에서 몸을 일으키고 있었다.

"기다리시오. 나는 침입자가 아니……."

피월려의 말이 끝나기도 전에 괴한의 신체가 앞으로 쏘아졌다. 몸의 전체 높이가 허리도 미치지 못할 정도로 앞으로 기울여져 있는 괴한의 모습은 정면을 직선으로 돌진하던 천서휘의 모습과 닮았으나, 발꿈치는 묘하게 뒤틀려 있었고 발끝은 고양이처럼 세워져 있었다.

피월려는 그 모습을 용안으로 모두 파악하고 이상하게 생각하여 허벅지부터 골반의 형태를 주시했다. 무언가 확실히 이상하다. 단순히 돌진을 하는데 왜 저런 비효율적인 자세를 취하는 것일까?

속임수다. 그런 생각이 머릿속에 꽂히는 순간 그는 배에서 전신의 뼈가 파르르 떨리는 듯한 고통이 느껴졌다. 무리해서 한 구르기의 대가가 이제야 뇌에 도착한 것이다.

본능이란 놈은 현재 상황을 판단하지 않는다. 그렇기에 내상이 있든 없든 일단 피하고 본다. 생각 없이 바닥을 구르는 바람에 피월려의 내상이 크게 도졌다.

피월려는 절망적인 기분을 느꼈다. 고통 때문인지 다리가 말을 듣지 않았다. 허리는 자꾸 굽어지고 복근은 수축하려 한다. 혹시라도 만약 그대로 움직였다가는 머리를 베어달라고 들이미는 꼴이다. 피월려는 온 힘을 다해 그 본능을 억제하고는 허리를 뒤로 제쳤다.

피월려의 허리는 예술적이라고 할 만큼 부드럽게 뒤로 넘어갔고, 순간 손가락만큼이나 짧은 피월려 위의 허공으로 섬뜩한 소리를 동반한 예기가 흘렀다.

쉬— 팡!

바람을 탄 예기가 스쳐감과 동시에 압축된 공기가 터져 나가는 굉음이 울렸다. 그것을 겨우 피해낸 피월려에게 내장이 끊어지는 듯한 고통이 즉각 찾아왔다. 그러나 육안으로는 볼 수 없는 그 암기에 찔리는 것보다는 훨씬 나을 듯싶었다. 피월려는 그대로 손을 놀려 뒤쪽으로 거리를 벌렸다.

그 괴한은 그 자리에 우두 멈춰 섰기에 피월려의 신형을 따라가지 못했다. 그도 그런 것이, 돌진하는 모든 속도와 힘을 그 작디작은 검날 하나에 모두 담아 내질렀기 때문이다.

괴한의 다리가 묘하게 꼬였던 것은 직선운동을 회전운동으로 바꾸기 위함이었던 것이다. 그것을 간파한 피월려는 괴한이 직선으로 달려오는 것을 보고도 뒤쪽으로 피한 것이다.

괴한의 표정은 가려져 있어 알 수 없었으나, 눈빛만큼은 확연히 달라졌다. 피월려가 뒤로 피했다는 사실 하나가 자신의 수법이 모두 드러났다는 것을 말해주기 때문이다.

그 괴한이 말했다.

"탈영수검(奪靈手劍)을 아시나요?"

놀랍게도 그 목소리의 주인공은 여인이었다. 그것도 이제 막 꽃을 피우는 묘령의 여인이다. 어둠에 가려져 있어서 그렇지 볼 수만 있다면 굴곡이 뚜렷한 그 몸매를 보고 단번에 여인의 것임을 알 수 있었을 것이다. 또한 그런 기묘한 골반의 움직임을 보일 수 있는 것도 여인이기 때문에 가능한 것이리라.

피월려는 내상의 고통을 참아내느라 괴한이 여자라는 사실에 관심조차 생기지 않았다. 그러나 피월려를 죽이려 한 그 가공할 수법은 생각하지 않을 수가 없었다.

피월려가 고통에 신음하며 겨우 말을 꺼냈다.

"가히 그 검은 영혼을 빼앗을 듯하오."

피월려는 몸을 뒤로 빼느라고 직접 목격하진 않았지만 바람을 타고 들리는 검날의 소리와 미약하게나마 흐르던 바람조차 멎게 만드는 순간적인 감속은 그 검의 위력을 가히 짐작케 했다.

그 작은 검날은 옆으로 피하려 하면 그대로 따라가 그 전에 목을 딸 것이오, 막으려 한다면 막으려는 모든 것을 꿰뚫고 목을 딸 것이다. 단 하나의 정답이 있다면 바로 피월려가 몸소 보인 것처럼 뒤로 피하는 것인데, 직선으로 빠르게 달려오며 검을 찔러오는 상대를 보고 누가 뒤로 허리를 제치는 동작을 취하겠는가?

오직 그 수법을 완전히 간파한 자만이 할 수 있다.

잠시 침묵하던 여인이 피월려를 묘한 눈길로 바라보며 말했다.

"검이 아니라 수검(手劍)이에요. 그런데 정말로 탈영수검을 모르시나요?"

"탈영수검은커녕 수검이라는 말 자체가 생소하오."

피월려는 이제야 그 여인의 손에 들린 짤막한 검날을 볼 수 있었다. 검은 붕대로 칭칭 감아놨으니 도대체가 확실한 형태를 알아볼 수 없었다.

여인이 날카로운 눈빛을 발하며 말했다.

"침입자의 말을 어떻게 믿죠?"

"보아하니 천마신교의 무인인 듯한데 나는 천마신교에 감히 침입할 실력도 배짱도 없는 사람이오."

그렇게 말하는 것조차 피월려는 힘겨웠다. 배 안의 내장이 마치 가뭄 든 대지처럼 쩍 갈라지는 기분이 들었기 때문이다.

그러한 기색을 눈치를 챘는지 여인이 말했다.

"내상을 입었군요?"

"그렇소. 사실 그 때문에 이곳에 머물게 된 것이오."

"내상이라 하심은… 혹시 성명이 피월려가 아니신가요?"

소문이 퍼졌다더니 나지오의 말이 확실한 듯했다. 그리고 나지오가 말한 신참이니 선임이니 하는 소리까지 생각이 났고, 지금에서야 그것들의 의미를 대충 깨달을 수 있었다.

나지오는 피월려가 분명히 입교할 것으로 생각한 것이 틀림없었다.

피월려는 한숨을 내쉬며 말했다.

"그렇소만, 그쪽은 어떻게 되시오?"

여인은 잠시 말없이 고민하더니 작은 목소리로 말했다.

"초류선이에요. 그런데… 그 황당한 소문이 정말 사실일 줄은 몰랐어요. 천 공자가 자신을 이긴 상대를 과대평가하여 치욕을 면하려는 얄팍한 소문을 냈다고 생각했는데……."

천서휘가 말한 자신에 대한 소문은 이미 들어 알고 있으나 피월려는 짐짓 모르는 척 초류선에게 물었다.

"그가 뭐라 했소?"

"그대의 검은 미래를 본다 하였어요. 그 말이 무엇인지 알 것 같아요. 당신의 눈은… 검로를 꿰뚫어 보는군요."

피월려는 순수하게 감탄했다. 천마신교라는 집단에게, 그리고 천서휘와 눈앞에 있는 초류선에게.

단 일 초에서 모든 것을 간파하는 피월려의 용인은 누가 뭐라 해도 신기(神技)다. 그런데 그런 신기를 딱 한 번 마주하고는 미래를 본다느니 검로를 꿰뚫어 본다더니 하는 추상적인 감상을 내뱉을 수 있는 사람은 과연 어떤 사람일까?

그런 사람 역시 용안을 간파한 자다.

피월려가 조심스레 물었다.

"이제 내 말을 믿어주시겠소?"

초류선은 고개를 끄덕였다. 그러고는 인사도 없이 먼지처럼 사라져 버렸다. 마치 침입자가 아니면 관심도 없다는 듯이 말이다.

피월려는 눈을 씻고 찾아보아도 초류선의 기척조차 느낄 수 없어 왠지 모르게 허탈해졌다.

피월려는 한동안 그 자리에서 복부의 고통과 씨름해야 했다. 단 두 번의 움직임이었으나 내상에 매우 큰 부담을 주는 큰 동작이었기 때문이다.

가부좌를 틀고 정신을 집중했다.

그렇게 한동안 내상을 진정시킨 피월려가 어디로 가야 하나 고민하는 찰나, 다행히 뒤쪽에서 경쾌한 발걸음 소리가 들렸다. 뒤를 보니 나지오가 감탄했다는 표정으로 피월려에게 걸어오고 있었다.

"이야, 백 번도 넘게 진법에 빠져도 모자랄 이곳에서 어떻게 딱 선 매가 있는 곳으로 간 거냐?"

선 매란 나지오가 초류선을 칭하는 말로 보였다.

피월려가 되물었다.

"칭찬이오?"

"아니, 감탄이다. 어떻게 이렇게 지지리도 운이 없을까 하고 말이야."

"초 소저가 그리 고수요?"

"어떤 면에선 나보다 더. 일수(一手)에 죽지 않은 게 천만다행이지."

나지오가 얼마나 고수인지 알지 못하는 피월려에게는 그리

만족스러운 대답은 아니었다. 그것을 눈치챘는지 나지오가 덧붙였다.

"선 매의 직위는 낙양지부의 이대주야. 계급은 지마(地魔)이고."

그것도 그리 도움이 되지는 않았다. 그래서 피월려는 자신이 직접 경험한 상대를 빗대어 생각하기로 했다.

"천 공자는 어떻게 되오?"

"천 공자는 낙양지부의 삼대주고 계급은 같은 지마지."

"본인은?"

"나는 낙양지부의 오대주고 계급은 역시 같은 지마이다."

하나도 도움이 되지 않았다. 그래서 이번에는 도움이 될 수밖에 없는 객관적인 질문을 했다.

"지마라는 건 어느 정도의 고수요?"

"본 교에는 천마(天魔), 지마, 인마(人魔)가 있지. 지마는 절정고수 정도라고 보면 돼."

무림에서는 통상적으로 무림인의 급을 이야기할 때에 삼류, 이류, 일류로 나눈다. 그러나 인간이란 무공, 상태, 심리, 기분, 상성 같은 많은 불확정 요소에 따라서 표출할 수 있는 실력의 기복이 매우 심하여서 그 차이는 불투명하며, 삼류가 일류를 이기는 경우도 흔치 않게 찾아볼 수 있다. 그렇기에 무림인들은 어떠한 환경에서도 최고의 실력을 내고자 쉬지 않고 무공을 연마하는 것이다.

그리고 그런 무림인 백 중 하나 정도는 인간의 몸으로 이룰 수 있는 모든 것을 이루게 되는데, 이런 고수들은 인간이 이룰 수 있는 절정에 이르렀다 하여 절정고수(絶頂高手)라 칭한다. 이들은 실력의 기복이 거의 사라지고 홀로 수십, 수백을 압도한다. 난세에 수많은 군중을 압도하는 장수들을 이 절정고수라고 볼 수 있다.

강호에 유명한 소림사의 십팔나한, 화산파의 매화검수와 같은 이들이나 한 중소문파를 대표하는 고수들이 대부분 절정고수에 속한다. 그리고 무림에 전설처럼 퍼진 천마신교의 흑룡대 또한 절정고수 오십여 명으로 이루어졌다고 한다.

절정고수는 출신 성에서는 모르는 이가 없고, 성 밖에서도 무림인이라면 이름을 한 번쯤은 들어볼 법한 정도의 명성을 가진 경우가 많다.

피월려는 눈앞에 가벼워 보이는 나지오가 절정고수라는 사실을 믿을 수가 없었다.

"나 선배가 정말로 십팔나한과 같은 절정고수이시오? 전설의 흑룡대와 싸워 호각을 다투신단 말이오?"

나지오는 그 질문에 당혹해하다가 한쪽 눈썹을 찌푸렸다.

"지마급이니 절정고수니 하는 것도 결국 단어일 뿐이니 한 번 싸워봐야 알겠지만 아마 질 거야. 그놈들은 정말 무공에 미친놈들이거든. 밥 먹고 잠자는 시간 이외에 하는 짓이 수련 아니면 살인뿐이니. 길고 짧은 것은 대봐야 아니까."

피월려는 그 말을 마음에 담았다.

그런데 문득 나지오의 말에서 생기는 의문이 있어 물었다.

"그런데 나 선배는 지마급이라 하시지 않으셨소? 그렇다면 이런 지부가 아니라 본부에서 요직을 맡으실 수도 있지 않으시오?"

"뭐, 여기 낙양은 아시다시피 백도무림이 들끓는 곳이야. 당장 하남만 해도 소림사와 황룡무가가 있고 호북에는 무당파, 제갈세가가, 섬서에는 종남파, 화산파에, 산서에는 태원이가가 있지. 이런 곳에 천마신교의 지부가 있으니 보통 지부와는 격이 다를 수밖에 없어. 서 지부장님만 하더라도 천마의 직위를 지니고도 지부장으로 계시는데 내가 뭐라 할 말이 있나."

천마라면 초절정이다. 그들은 구파일방이나 오대세가 정도 되는 대문파에서 거론될 수 있는 무인들로, 기를 넘어선 강기를 자유자재로 구사한다고 알려져 있었다. 그로 인해서 절정 아래의 고수들과는 차원이 다른 무위를 뽐낸다 하며, 그들의 공격은 같은 수준이 아니면 거의 막을 수 없다고도 알려져 있다.

피월려는 문득 천마신교의 수준이 궁금해졌다.

"천마신교에는 천마급 고수가 얼마나 많소?"

나지오는 쓰읍 입맛을 다신 후 대답했다.

"흠, 공공연한 비밀이니 말하지. 공식적으론 열 명 정도 돼. 더 있겠지만, 어쨌든 최소 열 명이지."

피월려는 그 말에 적지 않은 충격을 받아 어안이 벙벙해졌다. 십여 년 전에는 조진소와 서화능의 무위가 비슷하다는 말을 들었기 때문이다. 그런데 십 년 만에 한 명은 초절정에 올라서고 다른 한 명은…….

피월려는 하늘을 보았다. 역시 어두컴컴한 천장밖에 보이지 않는다.

하루 안에 죽는다고 했던가?

배는 강해진다고 했던가?

피월려의 눈빛이 차갑게 가라앉았다. 무인 특유의 차갑고 냉정한 기운이 엿보였다.

"나를 지부장에게 데려다줄 수 있소?"

나지오는 피월려를 빤히 바라보다가 고개를 끄덕였다. 피월려의 마음이 달라졌다는 것을 알았는지 나지오는 묵묵히 앞장섰다.

제이장(第二章)

피월려는 점차 방향감각이 무뎌지기 시작하는 것을 느꼈다. 아무리 보아도 똑같아 보이는 통로가 연속적으로 나오니 이토록 대칭성이 많은 곳에서는 여기서 태어나 자랐다고 할지라도 길을 잃고 말 것이다. 왜 나지오가 단 한마디도 하지 않고 조용히 길 안내만 했는지 알 것 같았다.

그는 새삼스레 돌아가는 시간이 왔던 시간보다 훨씬 오래 걸리고 있다는 걸 깨달았다. 앞장서서 걸어가는 나지오에게 조심스럽게 물었다.

"왜 이리도 오래 걸리는 것이오?"

나지오는 돌아보지도 않고 한 팔을 슬며시 들며 창문을 가리켰다.

"창문을 봐봐."

창문은 성인 남성이 뛴다 하더라도 도달할 수 없을 정도로 높은 곳에 있었다. 그는 그곳에서 길게 갈라져 나오는 빛을 의지하여 복도를 걷다 보니 정작 창문 그 자체에는 신경을 쓰지 않았었다. 그런데 이제 보니 창문의 색이 이상했다.

흰색인지 적색인지 이상하게도 말하기 어려웠다. 흰색같이 보이면 어느새 적색으로 보이고 적색같이 보이면 어느새 흰색같아 보였다. 일정한 간격으로 똑같은 높이에 연속적으로 나열되어 있는 창문은 그의 생각에 따라서 불규칙하게 그 색이 바뀌었다.

"참으로 이상한 색이오."

나지오가 시큰둥하게 말했다.

"그럴 수밖에. 저 창문들이 바로 환영과 환각을 일으키는 진법의 핵이니까. 네 눈에는 무슨 색으로 보이느냐?"

"적색으로 보이기도 하고 흰색으로 보이기도 하오. 마치 내가 마음먹는 대로 바뀌는 듯하오."

나지오의 몸이 우두커니 멈춰 섰다. 나지오는 그대로 잠시 침묵하더니 다리를 빠르게 움직이기 시작했다.

"서둘러야겠어. 빨리 따라와."

피월려는 나지오의 목소리에서 이상한 위화감을 느꼈다. 점차 빨라지는 나지오의 발에 맞추어 따라가며 물었다.

"위험한 것이오?"

"그렇게 되기 일보 직전이야. 내상도 내상이겠지만 네가 집중력이 선천적으로 강해서 더욱 최면이 심해진 것 같다. 피와 같은 혈색이 되면 완전 최면에 빠졌다는 뜻이고 절대 혼자서는 빠져나갈 수 없는 상태가 되지. 그리고 흑색이 되면 그대로 끽! 죽고 만다. 사실 난 그리 진법에 뛰어나지 못해서 여기저기 이동할 줄만 알거든. 그래서 네가 완전 최면에 빠지면 나도 어떻게 할 길이 없으니 빨리 가려는 것이야. 선 매라면 도와줄 수 있겠지만, 이 넓은 곳에서 다시 만날 가능성은 전무해."

나지오는 그의 성격답지 않은 심각한 목소리로 말했다. 그렇기에 피월려는 더욱더 진지하게 들을 수밖에 없었다.

피월려는 자신의 상황을 좀 더 설명했다.

"환각이나 환영은 아직 보이지 않소만."

나지오가 피식 웃었다.

"이미 보고 있어. 이 복도 자체가 환영이고 저 창문 자체가 환각이라고. 한번 열어보면 알 거야."

피월려는 나지오를 의심스럽다는 듯이 보고는 한번 열어보기로 마음먹었다. 그는 빠르게 벽 쪽으로 다가가 그대로 왼발을 튕기듯 놀리며 위로 치솟아 닫힌 창문을 슬쩍 들어 올려 열었다.

그러자 창문 밖의 시야가 눈에 들어왔다. 몸이 떨어지는 순간이라 짧은 시간밖에 밖을 볼 수 없었지만 그는 자신의 눈에 들어온 광경을 짧게 말했다.

"칠흑 같은 어둠이군."

나지오는 친절히 설명해 주었다.

"해가 떨어졌군. 낮이면 조금 흰색의 빛이 은은하게 퍼져 있지. 뭐, 중요한 건 창문 밖에는 아무것도 없다는 것이다. 그러니 진법이고. 자, 거의 다 왔어."

피월려는 생전 처음 당해보는 진법에 두려움을 느꼈다. 지금껏 진법이라 하는 것을 여러 명의 무사가 효율적인 합공을 하기 위한 합격진(合擊陣) 정도로만 생각했다. 이토록 완전한 환영을 일으키는 것을 본 적이 없다. 차라리 눈앞에 수만 명의 적이 둘러싸고 있으면 모를까, 무지에서 오는 두려움은 더욱 그를 괴롭혔다.

피월려는 나지오에게 완전히 의지하며 걸었다.

곧 그들은 서화능의 방 앞에 섰다. 금색으로 거대한 '주(主)'가 새겨진 문이 앞에 보였다. 나지오는 미소를 짓고는 숨을 고르는 피월려의 등을 툭툭 두드렸다.

나지오가 방문을 향해 크게 말했다.

"명을 완수하여……."

"들어와."

안의 목소리가 나지오의 말을 잘랐다.

나지오는 피월려에게 눈짓한 후 방문을 열고 들어갔다. 스르륵 부드럽게 열리는 방문 뒤로 서화능이 중앙에 앉아 있었고 그의 앞에 한 남자와 한 여인이 차례로 정좌하고 있었는데, 그들 사이에 있는 고풍스러운 식탁 위에는 모락모락 김이 나는 초록색의 찻잔이 올려져 있었다.

남자는 훤칠한 키에 다소 지적인 이목구비가 매력적이었다. 삼십 대 초반으로 보이며, 깔끔한 인상과 깨끗한 옷차림을 보면 마치 책만 읽을 것 같은 학자같이 보였다. 그러나 그의 옆에 가지런히 놓인 길고 긴 장검의 검집은 여기저기 베인 자국 투성이고 검의 손잡이 끝에 매달린 장신구는 원래의 색을 짐작하기 어려울 정도로 검붉은색의 굳은 피에 절어 있었다. 셀 수 없이 많은 사람의 피가 묻고 굳어진 그 장신구는 희미하게 공기 중에 피 냄새를 흩뜨렸다.

노파는 흰색과 노란색의 머리카락이 뒤섞인 머리를 하고 있었다. 한눈에 보아도 환갑이 오래전에 지났으리라 추측할 수 있었다. 주름진 얼굴과 처진 눈초리는 전체적으로 선한 인상이었지만, 그녀의 눈에서 뿜어지는 푸른색의 안광은 보는 사람으로 하여금 두 번 다시는 보고 싶지 않게 만들었다. 그 노파는 여자이고 늙었지만, 색목인 특유의 큰 키 때문인지 그리 왜소해 보이지는 않았다. 그리고 기묘하게도 위쪽에 핏빛 색깔을 자랑하는 육각형의 보석이 박힌 지팡이를 한 손으로 꽉 쥐고 있었다.

"오잉? 소오진, 미내로 할망구, 둘 다 여기 어쩐 일입니까?"

나지오의 말이 떨어지기 무섭게 미내로라는 다소 특이한 이름을 가진 색목인 노파가 앙칼지게 소리쳤다.

"네놈의 주둥아리를 찢어놓기 전에 할망구라는 소리는 집어치우는 게 좋을 게다."

"참나, 그럼 뭡니까?"

미내로는 피월려에게 시선도 주지 않고 물었다.

"같이 온 아이는 누구냐?"

대답은 다른 곳에서 나왔다.

"피월려라 합니다. 휘아와 검을 나눴는데 일 초에 휘아가 사지를 넘나들었기에 흥미가 돋아 데려왔습니다."

피월려는 놀랐다. 황제가 앞에 있다 할지라도 고개를 숙이지 않을 것 같던 서화능이 공손히 경어를 사용했기 때문이다.

색목인 노파가 범상치 않은 사람이라는 뜻.

그녀가 말했다.

"오호라? 흑노(黑老)의 권을 맞고도 멀쩡히 살아 있는 녀석이 바로 이 녀석이구나?"

미내로가 푸른 눈빛으로 피월려를 흘겨보았다.

피월려는 순간적으로 자신의 복부를 가격한 노인을 생각했다.

흑노라는 것이 호칭인 듯싶은데 호위무사이기 때문에 그런 것인지 아니면 별호가 그런 것이지는 알 수 없었다.

서화능 또한 피월려를 바라보며 말했다.

"그렇습니다. 닷새 동안 어르신에게 연락이 되지 않아 탕약으로 대신했습니다만 악화를 막는 것이 고작이었지요."

"클클클, 그나마 악화를 막은 것도 대단한 거야. 그런데 지금 보아하니 나를 찾은 이유가 바로 저 아이의 치료를 위해서구만? 내가 연구에 몰두하면 건드리는 법이 없었는데 말이지."

"연구열을 존중하고 싶었습니다만 어르신의 강시로 인한 상처는 어르신밖에 치료할 수 없으니 부득이 이렇게 모시게 되었습니다."

피월려는 강시로 인한 상처라는 말에 의문이 들었으나 지금의 대화에서 불쑥 끼어들 수는 없었다.

"오랜만에 내 늙은 얼굴이라도 보고 싶은가 했다네."

"사실 그런 마음이 더욱 컸습니다."

"쓰읍. 헛소리하시기는."

서화능과 미내로는 서로 마주 보며 슬며시 웃었다. 피월려가 볼 때에 그들 사이의 상하를 구분하기가 매우 어려웠는데, 아무래도 미내로가 직책은 낮으나 서화능이 어느 정도 대우를 해주는 것처럼 보였다.

서화능이 차를 한 모금 마시더니 피월려에게 말했다.

"피월려, 왜 돌아왔는가?"

뜻밖에 서화능의 말 속에서 어떠한 조롱의 의도도 느낄 수 없었다. 피월려는 담담한 목소리로 대답했다.

"나 또한 어쩔 수 없는 무림인이오."

"무림인이라 함은?"

"전대의 비급이 나다났다면 사지인 줄 알면서 걸어가고 희대의 명검이라면 친우를 속이면서도 얻으려 하는 무림인 말이오. 그런데 어찌 내가 돌아올 것이라 확신할 수 있었소?"

서화능은 피월려가 입교할 생각으로 다시 돌아올 것이라는 확신이 있었기에 복부의 내상을 바로 치료할 수 있도록 미내로를 부른 것이다. 만약 몰랐다면 미내로를 부르지 않았을 것이다. 피월려도 그 정도는 눈치챌 수 있었다.

그때, 미내로 옆에 조용히 앉아 있던 학자 같은 사내가 입을 열었다.

"대천마신교가 받아주겠다는데 마다할 무림인이 있을까?"

그 사내의 자부심 섞인 말이 정답이다. 천마신교 마인은 중원 어디를 가도 욕지거리와 생사혈전이 끝이지 않을 정도로 모든 무림인에게 배척당한다. 심지어 같은 흑도무림인도 그들과 같이하기를 꺼린다.

그 이유는 그들이 세상의 조화를 깨버릴 정도로 강하기 때문이다. 그들은 단순한 경멸의 대상이 아니라 두려움의 대상인 것이다.

아무런 반응도 보이지 않는 피월려에게서 시선을 뗀 서화능이 나지막하게 말했다.

"소오진, 네게 말을 허락한 일이 없다."

그 사내의 이름을 들은 피월려는 나지오가 소오진의 이름을 언급한 것이 기억났다. 그때 나지오의 표정은 그리 밝지 못했는데, 그 이유는 한눈에 보아도 알 수 있을 것 같았다. 쾌활하고 자유로운 나지오와 마치 지금 이 순간에도 수련하듯 미동도 하지 않는 딱딱한 소오진이 잘 맞을 리가 없기 때문이다.

소오진은 고개를 살짝 끄덕였고, 서화능이 다시 고개를 돌려 피월려를 보았다.

"네가 나갈 때 분노가 엿보였지. 마치 모욕을 느낀 듯했어. 그러나 네 눈빛은 욕망으로 지진이 난 것처럼 흔들리더군."

피월려는 부정할 수 없었다.

"투심(透心)이오?"

"천여 명이 넘는 인원을 책임지다 보니 사람 보는 눈이 늘었다고 해야겠지. 나지오, 너는 이만 나가라."

"흐음, 어떻게 될지 궁금한데… 명입니까?"

소오진이 탁 하는 소리를 내며 찻잔을 강하게 내려놓았다. 누가 보아도 나지오의 장난기 어린 버릇없는 행동을 지적하고 있다는 것을 알 수 있었다.

서화능이 다시 말했다.

"명한다. 나가."

"존명."

나지오는 그대로 문밖으로 나갔다.

피월려는 적당한 곳에 자리를 잡고 앉았고, 서화능은 그런 그를 빤히 보다가 미내로에게 말했다.

"어르신, 부탁합니다."

"클클클, 알았네."

미내로는 자리에서 일어나 뚜벅뚜벅 걸어 피월려 앞으로 왔다. 그러고는 지팡이 끝을 피월려의 복부에 살포시 가져다 대었다.

피월려는 그 지팡이를 위아래로 훑어보며 말했다.

"설마 지팡이가 아니라 침인 줄 몰랐습니다."

미내로는 가소롭다는 듯이 미소 지었다.

"내가 정성을 들여 만든 흑노와 암노(暗老)의 권상(拳傷)은 침 따위로 치료할 상처가 아니지. 아무 일 없을 테니 긴장하지 마라."

미내로는 조용히 눈을 감았다. 그리고 그 하나의 움직임이 방 안의 기류를 완전히 뒤바꾸었다. 피월려는 살갗으로 느껴지는 기류의 변화에 당황하며 태풍의 눈과 같은 지팡이의 끝자락을 주시했다.

그곳에서 자색의 기이한 빛이 일렁였다. 그 빛은 점차 밝아졌고, 더는 눈이 부셔 쳐다볼 수 없게 되었을 때 미내로가 거의 들리지 않을 목소리로 중얼거렸다.

"이뮨(Immune)."

빛이 사라지고 방 안은 원래대로 돌아갔다. 피월려의 내상은 마치 물로 씻어낸 듯이 완전히 나아 피월려는 어떠한 고통도 이상도 느낄 수 없었다.

"벌써 가십니까?"

서화능의 말을 듣고 피월려가 주위를 보니 미내로가 이미 문지방을 넘어서고 있었다.

마치 기절했다 깨어난 것처럼 정신이 멍한 가운데 피월려는 간신히 포권을 취했다.

"호의에 감사드립니다."

"별것도 아닌 걸로 그러는군. 클클클. 나는 이만 가네."

딱!

문이 닫혔다.

피월려는 이제야 상처가 나았다는 것을 실감하고는 복부를 만져보았다.

"마, 마법(魔法)이 따로 없소."

"실제로 마법이라 부른다. 극한으로 좌도(左道)에 치우친 공부이지."

우도를 바른 길이라 하면 좌도는 바르지 못한 길이다.

즉, 정석과 비정석의 차이라 할 수 있는데, 백도에서는 좌도를 경멸하며, 흑도에서는 좌도를 허용한다.

물론 흑도에서도 좌도를 경시하는 편이 없지 않아 있다. 예를 들면, 독검(毒劍)을 쓰는 자가 있다면 그의 우도는 검이오, 좌도는 독이 된다.

백도에서는 독검 자체를 인정하지 않을 것이고 흑도에서는 허용하겠지만, 독까지 그 사람의 본 실력이라고는 누구도 인정하지 않을 것이다.

피월려에게 좌도란 우도가 부족하기 때문에 어쩔 수 없이 메우기 위한 방편 정도였다. 그런데 이렇게 단숨에 독과 상처를 치료하는 마법이 좌도라니? 피월려는 경악한 목소리로 물을 수밖에 없었다.

"그것이 좌도라 하였소?"

"좌도로만 치우치는 것은 금물이나 미내로 어르신께서는 좌도의 극을 넘어선 본 교에 둘도 없는 술법(術法)의 대가이시다. 연구를 위해 지부에 머물고 계시지만 본래 본부에 계셔야 할 분이지."

피월려는 말이 없었다. 왜냐하면 그는 좌도는커녕 아직 내공도 익히지 못했기 때문이다.

그러나 피월려 본인은 그런 사실에 그리 신경 쓰지 않았다. 청강검으로 철검을 베어버리거나 검이 닿지도 않고 목을 베는 검기(劍氣)는 언뜻 보면 신비하나 피월려는 지금껏 그런 무인들의 목을 수도 없이 베었다.

그의 생각에는 검기를 두른 명검이나 녹슨 청강검이나 사람을 벨 수 있는 건 똑같다. 전 중원을 방황하며 쌓은 경험을 통해 실존 무공을 중요시하게 된 피월려에게 있어 좌도는 부족한 실력을 억지로 채우는 것 이외에는 아무런 쓸모가 없어 보였고, 그렇기에 그는 마음속으로 천대하는 마음도 가지고 있었다.

그런데 지금 보니 마치 신화에 나오는 신선의 술법을 그대로 재현하는 것이 아닌가?

피월려는 고개를 흔들었다.

"낭인으로 전 중원을 떠돌며 술법에 관한 이야기를 들은 적은 많으나, 나는 한 번도 직접 내 눈으로 본 적이 없소."

"오늘 보았군."
"수, 술법이 정녕 실존하는 것이오? 그것이 좌도란 말이오?"
서화능이 코웃음 쳤다.
"용안은 좌도가 아니더냐?"
"아니오."
"그리 믿는다면 그렇겠지. 하지만 그건 누가 보아도 좌도가 확실하다."
"아니오. 그것은……."
피월려는 말문이 막혔다. 용안심공은 과연 좌도가 아닌가? 생각해 보지도 않은 문제다.
그때까지 가만히 차만 마시던 소오진이 한마디했다.
"좌도를 무시하는군."
소오진은 피월려 앞에서 서화능 쪽을 바라보는 자세로 앉아 있으니 피월려는 소오진의 뒷모습밖에 보이지 않았다.
소오진은 어수룩한 소년의 치기를 본 것처럼 비웃었다.
"선천적인 감각과 재능으로 여러 경험을 통해 검을 익혔겠지만 그런 식의 하류 무공은 한계가 있게 마련이다. 그것 또한 우도라 할 수 있을까? 언제 한번 붙지. 내 검기로 검과 몸을 모조리 베어버릴 테니."
서화능이 묘한 기류가 오가는 피월려와 소오진을 번갈아 보았다.

"재밌겠군. 그러나 그 전에, 피월려 네가 할 일이 있다."

서화능이 피월려에게 두루마리 하나를 던졌다. 피월려는 그것을 받아 들고 펼쳐 보았다. 명필도 악필도 아니지만 거침이 없는 용맹한 글귀가 쓰여 있었다.

"이건 무엇이오?"

"내가 제의했을 때 들어오지 않았으니 다시 들어올 때는 올바른 시험을 통과해야 하지 않겠는가?"

"시험이라 함은?"

"그것을 읽으면 무엇을 해야 할지 자연스레 알게 될 것이다."

"……."

"이만 나가라. 나가서 좌로 여섯, 우로 두 번을 돌면 출구가 보일 것이다."

피월려는 두루마리를 집어 들고 소오진을 한번 흘겨본 후 말없이 그대로 밖으로 나갔다. 서화능이 소오진에게 무언가 중얼거리는 소리가 들렸으나 피월려는 문을 닫았고, 그 소리조차 들리지 않게 되었다.

고요하고 괴이한 복도가 피월려를 반겼다.

피월려는 슬쩍 창문을 보았다. 창문의 색은 매우 희었다.

"여섯 번, 두 번이라……."

피월려는 걸음을 옮기기 시작했다. 다섯 번쯤 돌았을까, 그는 소오진이 한 말이 생각났다.

좌도를 천대하던 피월려에게 시비를 건 행동 하며, 검기를 함부로 논하는 것 하며, 분명 소오진은 강력한 검공(劍功)을 소유하고 있을 것이다. 검기 따위는 우습게 뽑아내는…….

하루에도 수백 번씩 새로운 별이 소리 없이 피고 지는 저 밤하늘과 같이, 이 넓은 중원에는 엄청난 실력자들이 나타났다 사라진다.

피월려는 검기를 뽑아내며 화려한 무공을 가진 자들을 자주 보았다. 그러나 대부분 무엇이든 두부 썰듯 썰어버리는 검기에 맛을 들여 원래의 무공을 망친 자들이었다.

그러나 가끔 평정심을 잃지 않고 한 단계 나아가는 자들이 있다.

"아무리 많이 봐줘도 삼십 중반에 그런 경지라는 건가? 붙어보고 싶은데."

이제 막 스물다섯이 된 피월려가 할 말은 아니었으나, 그는 속에서부터 끓어오르는 투기를 진정시킬 수 없었다.

피월려는 자연스럽게 쥐었던 주먹을 폈다. 그러자 잔뜩 구겨진 두루마리가 땅에 떨어져 얼른 주었다.

어두운 복도에서는 글이 전혀 보이질 않아 피월려는 걸음을 재촉했다. 서화능이 말한 대로 그대로 행한 피월려는 복도를 가로막는 거대한 문을 만났다.

"복도가 여기서 끝이라는 건가?"

피월려는 한쪽 문짝을 온 힘을 다해 밀었고, 절대 움직이지 않을 것 같던 그 문이 서서히 열리기 시작했다.

보름달의 달빛이 피월려의 몸을 더듬었고, 시원한 바깥바람이 피월려를 감싸 안았다.

그런데 문제가 있었다.

"여기가… 어디지?"

피월려는 애초에 천마신교 내부에 들어온 기억이 없었다. 죽었다고 생각하고 난 다음 기억은 바로 침상으로 이어진다. 그 중간의 기억이 있을 리가 없었다.

반시진 동안 주변을 탐색하던 피월려는 천마신교 낙양지부의 주위에 있는 집들이 전부 위풍당당하고 거대하다는 사실을 깨달았다. 그곳이 대도시 낙양에서 돈이 많기로 소문난 거상들이 모여 사는 낙양의 중심지, 존양(尊陽)이라는 것을 깨닫기까지 오랜 시간이 걸리지 않았다.

그러나 아무리 거상들의 저택이 크다 하나 천여 명의 식솔을 거느릴 수 있는 거대한 수준은 아니었다. 뒤로 보이는 천마신교 낙양지부의 건물은 물론 보통 저택치고는 컸으나, 절대로 그 거대한 크기의 진법을 만들 수 있을 정돈 아니었다.

"진법은 땅 아래로 이어져 있는 것일까?"

피월려는 낙양지부의 대문 앞으로 돌아와 쭈그려 앉아 두루마리를 펼쳐 들었다.

단숨에 읽은 피월려는 작은 한숨을 내쉬고 중얼거렸다.

"필요한 건 정보인가……."

천마신교 낙양지부의 거대한 문짝을 뒤로한 채 피월려는 낙양의 음지가 가득한 남쪽으로 향했다. 아마 한참을 걷고 강까지 건너야 할 것이다.

*　　　*　　　*

중원의 도시 중 가장 중요한 도시를 뽑으라면 낙양이 순위권에 들지 못하는 일이 거의 없다. 낙양은 자체 생산물인 비단으로도 유명했지만 지리적으로도 중심에 자리 잡고 있어 상업적 교류가 활발하여 다른 도시에 비해 매우 부유했다. 넓기도 그지없어 그 도시 하나에 막대한 영향을 미치는 백도문파만 다섯 곳이다.

하나, 흔히들 흑방이라 하는 뒷골목의 주먹이나 여인들이 몸을 파는 매춘은 어디든 존재하게 마련이다. 그들은 무림과는 상관없는 음지(陰地)고, 백도무림이 있든 황제가 있든 그들의 존재 유무는 인구에 비례할 뿐이다.

당연히 거대 도시 낙양의 흑방과 기루는 셀 수 없을 정도로 많았다. 그중에서도 곱기로 소문난 낙양 제일의 기녀 낙양사화(洛陽四花)의 위명은 하늘을 찔렀다. 그들은 낙화루(洛花樓)라는 낙양 최고의 기루에 있는 최고급 기녀들이고, 성 하나쯤은 살 수 있는 거부나, 성 하나쯤은 쑥대밭으로 만들 수 있는 장수, 성 하나쯤은 다스릴 수 있는 고위 관직이 아니면 얼굴조차 볼 수 없었다.

낙화루 앞은 낙양사화의 뒷모습이라도 볼까 하여 인산인해를 이루었고, 그런 사람들을 상대로 한 상업도 자연스럽게 낙화루 주위에 자리 잡기 시작했다.

그중에 호화로운 꽃밭 앞에 가지런히 피어 있는 물망초 같은 기루도 있었다. 낙화루에 차마 들어가지 못하는 사람이 꿩 대신 닭이라 하며 들어가는 그곳의 이름은 월루(月樓). 흔하디흔한 이름이다.

월루의 삼 층에서 기녀와 한바탕 뒹굴고 잠에 빠진 피월려는 스승님의 얼굴이 아른거리는 짧은 꿈을 꾸다가 정신이 수면 위로 올라오는 것을 느꼈다. 뒷목에서 느껴지는 뻐근함에 피월려가 기지개를 켜며 말했다.

"무릎이 저리나?"

한 시진 동안 피월려의 머리를 무릎으로 받치고 있었으니 저리지 않을 수가 없다. 그러나 기녀는 웃음을 잃지 않으며 매혹적인 목소리로 속삭였다.

"좀 더 주무세요."

피월려가 눈을 감으며 살포시 미소를 지었다.

"대답을 하지 않는 거 보니 저리긴 저린가 보군."

"아니, 그건……."

"머리가 울려서 못 잘 정도이니 거짓말은 안 통해."

기녀는 드디어 저린 다리를 조금 펼 수 있을 것 같아 안도했지만, 피월려는 고개를 돌리기만 할 뿐 일어나지 않았다.

"이름이 뭐라 했지?"

온 뼈마디가 바들바들 떨리도록 한 몸을 이루고 나서 다짜고짜 무릎을 빌리고 잠을 자더니 이제야 이름을 물어본다. 기녀는 작은 웃음을 얼굴에 피웠다.

그녀가 고운 손길로 피월려의 머리카락을 조심스럽게 쓰다듬었다.

"예화라 해요."

"예화라……. 달빛 밝은 밤이라 미인이 걸려서 다행이다 생각했는데 이름도 곱네?"

예화는 오랜만에 진심으로 웃음소리를 내었다.

"호호호."

피월려의 반쯤 감긴 눈길이 달빛이 쏟아지는 넓은 창문을 향했다. 정확하게는 그 창문으로 보이는 오 층 높이의 화려한 낙화루였다.

"낙양에 도착한 지 삼 일이 되었지만 저렇게 사람을 차별해서야 낙양사화의 얼굴도 못 보겠군."

피월려가 보지 못하는 동안 예화의 미소가 조금 서글퍼졌다.

"낙양에서 태어나 낙양에서 일생을 보낸 저 또한 보지 못했으니 공자님은 보실 수 없겠죠."

"그리 귀하다니 얼마나 미인인 거야?"

"소문의 의하면 낙양제일미에 버금간다 했어요."

"낙양제일미? 그건 또 뭐야?"

"낙양 북쪽에 있는 황룡무가(黃龍武家)의 금지옥엽이죠. 중원의 사람이면 낙양사화는 몰라도 낙양제일미를 모를 수는 없어요. 그녀의 이름은 전 중원에 퍼져 있으니까요. 또한 그녀의 동생도 아름답……."

갑자기 피월려가 손을 들어 예화의 입술을 살포시 잡았다.

"별로 듣고 싶은 이야기가 아니군."

피월려가 손가락을 치우자 예화가 의외라는 표정을 지으며 말했다.

"세상에 미인이 많다는 건 좋은 이야기 아닌가요?"

"천만에. 세상에 미인이 많다는 건 그 많은 미인 중 하나라도 내 여자로 만들지 못했으니 내가 머저리라는 증거지."

"호호, 그렇게 말씀하시면 집에 계시는 안부인이 싫어하세요."

피월려가 묘한 눈빛으로 예화를 물끄러미 바라보았다.

"난 혼례를 올린 적이 없어."

"예? 정말로?"

예화의 두 배 이상 커진 눈망울이 그녀의 놀란 심정을 대변해 주고 있었다.

"이상하군. 내가 만난 기녀들은 하나같이 내 여자가 이렇다느니 저렇다느니 말하는데 왜 그렇게 생각들 하는지……. 내가 그렇게 늙은 놈은 아니잖아?"

"그건……."

예화는 말하지 않았다. 아니, 말할 수 없다고 해야 하나.

"뭔데?"

"아녜요."

"싱겁기는."

예화 같은 능숙한 기녀들은 여인을 둔 남자들과 그러지 않는 남자들의 차이를 몸을 섞을 때 분명하게 느낄 수 있다. 호흡 하나하나, 움직임 하나하나, 하는 말 하나하나 그 모든 것이 다르기 때문이다.

예화는 피월려에 대해서 많은 궁금증이 들었다. 그러나 아무것도 묻지는 않았다. 어차피 하루면 다시는 보지 못할 사내에 대해서 많이 알아보았자 남는 것이 없다는 것을 경험을 통해 빠저리게 알고 있기 때문이다.

기녀는 질문을 하는 존재가 아니라 질문을 받는 존재다. 그것을 망각한 어린 기녀들의 최후는 항상 비참하기 이를 데 없다.

예화는 묻지 않았고, 피월려는 물었다.

"구룡사봉(九龍四鳳)이라 하던가? 요즘 낙양을 떠들썩하게 만드는 녀석들 말이야."

언젠가부터 관습적으로 백도무림에서는 새롭게 등장한 젊은 후기지수 중 남자를 용에, 여자를 봉에 비유했다. 그리고 시대가 지날 때마다 그 수를 세어 함께 묶어 불렀다. 또한 각각에게 가장 어울리도록 광룡, 검룡, 혹은 수봉, 미봉 등의 별호로 불렀다.

그들은 나중에 각 문파의 수장이 될 가능성이 가장 크므로 젊었을 때 서로 교류하며 사이를 돈독히 하려고 시간이 되는 한 같이 중원을 여행하는 것이 다반사였다. 지금 시대에는 아홉 명의 남고수와 네 명의 여고수가 있었고, 그들은 구룡사봉이라는 별칭으로 불리고 있었다.

그들이 낙양에 온 것이다.

예화가 대답했다.

"낙양의 명소를 하나하나 들르면서 여기저기 금덩이를 뿌리고 다닌다는군요. 장사치들은 그들의 명성보다도 그들의 씀씀이에 더 관심이 쏠려 있어요."

피월려는 창밖으로 고개를 돌렸다.

"밤이면 항상 낙화루에 찾아온다던데, 정말이야?"

"매일 제 눈으로 보았어요. 아홉을 전부 본 것은 아니지만, 어느 날은 네 명, 어느 날은 다섯 명, 젊은 사내들이 하나같이 검을 차고 고풍스러운 비단옷을 입고 거리를 걸으면 모든 시선이 집중되죠. 들리는 소문에는 낙양사화를 보고자 한다고 하지만 그들도 아직 보지 못한 듯싶어요. 낙양사화의 콧대가 여간 높지 않아요. 호호호! 언제나 아름다운 사봉과 같이 다니면서도 그렇게까지 낙양사화의 외모를 확인하고 싶은가 봐요."

피월려는 예화의 무릎에 고개를 파묻고 생각했다.

두루마리에 쓰여 있는 서화능의 지시는 실력 검증을 위한 단순한 암살이었다. 대상은 무작위이나 두 가지 조건을 만족해야 했다.

첫째는 백도무림인이어야 한다는 것이다. 천마신교에 입교하는 절차 치고는 당연하기 그지없는 조건으로 피월려도 그 점은 충분히 이해하고 있었다. 하지만 두루마리에서 말하는 백도무림인은 소위 말하는 구파일방이나 오대세가와 같이 위명이 높은 백도세가의 무림인으로, 한 명이라도 죽일 경우 체면을 내세우며 척살령을 내려 끝까지 따라붙는 지독한 놈이었다. 그런 사람들을 건드는 것은 피월려 같이 뒤가 없는 낭인에겐 금기 사항 중 하나이다.

두 번째 조건은 바로 대상이 별호를 지닌 사람이어야 한다는 것이다. 여기서 말하는 별호는 시나 성에서 알아줄 법한 별호가 아닌 전 중원의 무림인에게 퍼진 별호를 말하는 것이다.

수많은 무림인 중 별호 하나라도 제대로 가진 무림인은 일할도 채 안 된다. 세력 내에서 서로에게 붙여주는 우스꽝스러운 경우를 제외하고 별호가 생기기 위해서는 전 무림을 진동시킬 만한 기상천외한 사건의 주인공이 되어야 하기 때문이다.

여러 개의 문파를 작살내거나, 수십이 넘어가는 무림인을 도살하거나, 인간으로서 도저히 할 수 없는 악행을 저지르거나, 무공을 겨루는 무대에서 수상하거나, 혹은 그러한 일을 행한 자를 열 초식 만에 격퇴하는 등의 일을 해내야지만 그나마 겨우겨우 주어지는 것이 바로 별호라는 것이다.

즉, 별호의 존재 여부란 모두에게 인정받을 수밖에 없는 실력을 지녔다고 말하는 하나의 공증이었다. 백도에선 그것으로 절정급을 나누기도 한다.

서화능은 피월려에게 그러한 강자를 죽일 수 있는 실력, 또는 능력을 원하는 것이다.

안타깝게도 피월려는 그 정도의 무공을 지니지 못했다. 그랬다면 본인에게 이미 특정한 별호가 있을 것이다. 한 문파의 수장과 같이 명예로써 별호를 얻는 방법이 불가능한 피월려는 오직 무공 실력으로만 평을 받을 수 있는데, 잠깐잠깐 이렇게 저렇게 불린 적은 있어도 평생 따라다닐 만한 별호는 얻지 못했다.

그렇다면 과연 별호를 지닌 백도무림인 중 가장 약한 놈은 누구인가? 그자를 암살하는 것이 시험을 통과하는 가장 좋은 방법일 것이다.

만약 이 질문을 아무 무림인에게 한다면 모두 하나같이 구룡사봉을 뽑을 것이다. 그들은 본인의 실력보다는 가문의 위세와 미래의 가능성을 업고 별호를 얻은 것이기 때문이다. 그리고 공교롭게도 그들은 낙양에 와 있다.

우연일 리가 없다.

서화능은 그들 중 하나를 선택하라고 말하는 것이다.

지금껏 단 한 번도 열세 명의 용봉이 중원에 있던 적은 없다. 많아보았자 열을 넘지 않았다. 그렇다는 뜻은 당대 백도무림의 질이 좋고 양이 많다는 뜻이다. 그 아홉 마리의 용과 네 마리의 봉이 중추가 될 향후 사오십 년 뒤에는 아마 중원의 판이 뒤집혀 있을 것이다.

천마신교 입장으로는 상당히 신경 쓰이는 부분이기도 하다. 아마 그렇기에 피월려에게 되면 좋고 아니면 말고 식의 임무를 부여한 것이리라.

그런데 지금 생각해 보니 어디까지나 두루마리에는 별호를 지닌 백도무림인이 대상이라 했지 구룡사봉이라 말하지 않았다. 구룡사봉이 암시되어 있을 뿐 두루마리에는 구룡사봉의 글자 하나도 찾을 수 없었다.

굳이 구룡사봉을 택할 이유가 없다는 것이다.

즉흥적이지만 피월려는 대상을 바꾸기로 했다.

"낙양제일미가 속한 곳이 어디라고 했지?"

예화의 눈썹이 낮게 가라앉으면서 묘한 눈빛을 내었다.

"역시 신경 쓰이셨죠? 그렇지만 낙양사화보다 더 보기 어렵다 들었는걸요? 호호호! 하지만 그렇다고 희망이 없지는 않죠. 황룡무가는 북문에서……."

피월려의 몸은 보이거나 만질 수 있는 근육이 많지 않았다. 내력을 위주로 한 무공을 익히지 않아 태양혈도 솟아 있지 않았다. 게다가 무기조차 없었다.

예화의 눈에는 피월려가 미인에게 관심 많은 청년으로 보일 뿐이다.

*　　　*　　　*

예로부터 황룡이란 사방신(四方神)의 중심을 뜻하므로 수없이 많은 왕가의 상징으로 사용되고 있었다.

황룡무가는 이름에서부터 알 수 있듯이 낙양에서 세를 일으킨 여러 왕가 중 한 핏줄이 무가로 이어져 탄생한 가문이다. 전쟁을 밥 먹듯 하던 전란 시대에 흥한 가문답게 그들의 무공은 백도의 무늬만 쓰고 있지 살상력이 짙은 패공(敗功)과 다를 바가 없었다.

그러나 그러한 살상력은 일 갑자가 넘어가는 내력이 받쳐줘야 가능했다. 기이하게도 거친 내력을 쏙 빼놓은 황룡무가의 검법은 상대를 제압하는 데 있어 매우 뛰어난 면모를 보여주었다.

상대를 도살하는 황룡무가의 검이 높은 수준의 내력을 제할 때 활인검으로 뒤바뀌는 특성 때문인지 어느 세월부턴가 그들은 많은 무림인과 세인에게도 존경을 받는 백도무림의 중추가 되었다.

황룡이라는 거만한 상징을 보란 듯이 사용하는 이 무가는 그 역사를 알 수 없을 정도로 오래되었으며, 낙양의 태수가 새로 부임하면 우선으로 찾아가 인사를 할 정도로 영향력도 컸다. 그들은 낙양의 북쪽을 다스리는 실질적인 힘이다.

피월려는 잠을 거의 자지 못하고 새벽부터 일어나 마방에 들러 말을 빌려 질주했다. 낙양의 마로(馬路) 위를 빠른 속도로 달렸다. 중간에 뱃사공을 통해서 낙하강을 건넜고, 다시 질주했다. 그는 총 반시진보다 조금 못하게 걸려 황룡무가에 도착했다.

피월려는 말을 돌려주고는 아침 해가 떠오르는 광경에 잠시 심취해 있다가 마차도 들어갈 수 있을 법한 거대한 황룡무가의 출입문 앞에 섰다.

낙양의 북문을 바로 앞에 두고 위풍당당하게 한 거리를 전부 다 집어삼킨 황룡무가의 위세는 가히 중원의 오대세가라는 칭호가 합당하지 않을 수 없었다.

황룡무가.

그 이름만큼이나 빛이 난다.

이런 빛이 있으면 그림자가 항상 있게 마련이다.

피월려는 정오가 되기까지 그 그림자를 찾아 북문을 서성였다. 낙양이 크기는 큰지 보이지 않는 구석구석 어둠이 존재했고, 피월려는 이리저리 스며들어 탐색했다.

점점 길은 좁아지고 사람들의 인상은 굳어졌다. 좋은 인상과 반듯한 옷차림을 한 이들이 사라지고 불안한 눈빛과 허름한 옷차림을 한 이들이 점차 눈에 띄기 시작했다.

반시진을 돌아다녔을까? 피월려는 두 사람이 걷기도 어려운 좁은 골목길이 교차하는 지점에서 한 노인이 자신에게 손짓하는 것을 보았다.

"뭐가 필요하신가?"

노인은 긴 곰방대를 한 손에 쥐고 진득한 주름을 비벼대며 피월려에게 말을 걸어왔다. 아무리 크게 보아도 피월려의 허리조차 오지 못하는 작은 체구에 한 달은 씻지 못한 듯 더러운 몰골이었다.

피월려와 같은 흑도무림인은 거지들의 문파인 개방과는 상종하지 않는 것이 사는 길이다. 거지들이 모여 만든 문파지만 당당히 구파일방에서 한몫하는 백도무림 방파이기 때문이다.

"잘못 보았소."

그런데 노인은 그런 피월려의 마음을 읽은 듯 피식 웃으며 곰방대를 물었다.

"세상에는 두 가지 종류의 거지가 있다네. 혹시 아는가?"

"하나는 개방이고 다른 하나는 모르겠소만."

그 노인은 자신의 가슴을 가리키며 말했다.

"개방이 아닌 거지들이지."

"……."

"세상의 주인들이 살던 곳인지는 몰라도 낙양의 음양은 격하기 짝이 없어. 이 도시에는 개방조차 들어서지 못하는 어둠이 있지. 그리고 자네에게는 아쉽게도 대부분 남(南)에 자리를 잡았다네."

피월려가 나지막하게 대답했다.

"나는 남쪽에서 왔소."

그 노인에 표정에 의문이 떠올랐다.

"음? 그런데 왜 여기서 음지를 찾으시나?"

피월려는 의심의 눈초리로 노인을 바라보았다. 무림에서는 노인과 여인, 그리고 어린아이를 조심하라는 말이 있듯이 절대로 겉모습을 보고 상대를 판단하면 안 되기 때문이다.

그러나 노인의 모습은 심각할 대로 심각하다. 저 정도로 늙었다면 근골이 쇠약해져 아무리 강력한 내력을 가지고 있다 하더라도 몸이 받쳐주지 못할 것이다. 위험한 것이라면 독이나 암기인데 그것들은 피월려의 용안에 상극이기에 그리 걱정하지 않아도 된다.

피월려가 고민을 끝내고 말했다.

"황룡무가에 관한 정보를 원하오."

"아, 그러셨구먼. 확실히 아무리 남이라 하나, 북보다 황룡무가의 정보를 더 확보할 수는 없지. 근데 돈은 있나?"

"없소."

의미를 알 수 없는 작은 미소가 늙은 입술에 머물렀다.

"그러면?"

"죽이고 싶은 사람이 있소?"

인생의 무상이 느껴지는 눈빛이 작은 욕망으로 채워졌다.

"젊은 친구가 맘에 드는 말만 하는군. 요즘 젊은 무림인들은 영 물러서 말이야. 사람 목숨값으로 지급하겠다 이건가?"

"정보를 주시겠소?"

노인은 고민하는 기색도 없이 바로 대답했다.

"일단 물어봐."

"낙양제일미가 황룡무가에서 나올 때를 말해주시오."

노인의 이마에 내 천 자가 그려졌다.

"그 전에 이건 물어보지 않을 수 없군. 천음절맥(天陰絶脈)의 몸이 왜 필요한 것인가?"

피월려는 천음절맥이라는 말에 고개를 갸웃거리며 물었다.

"천음절맥? 그게 무슨 소리요?"

노인은 손을 내저으며 말했다.

"정말 몰랐나? 낙양제일미는 천음절맥일세."

"……."

"어이가 없군. 그럼 낙양제일미의 행방을 왜 묻는 건가? 미모에 혹하셔서 그렇다고 말하면 늙은이는 매우 실망할 테야."

"비슷하오."

노인은 곰방대를 입에서 떼며 한숨을 깊게 쉬었다. 마치 큰

실수를 저지르고 자책하는 사람처럼 노인이 두 손가락으로 머리를 흔들었다.

"내가 늙어서 그러나 보는 눈이 완전히 썩었군그래. 머저리 주제에……. 치워라."

피월려는 갑자기 자신을 향해서 쏘아지는 투기(鬪氣)에 고개를 빠르게 돌리며 주위를 둘러보았다. 도합 네 명의 사내가 각각 네 방향의 골목길의 끝에서부터 시퍼런 칼을 손에 들고 나타났다.

덩치도 적당히 크고 눈에 살기도 돋아 있는 것이 사람을 꽤 죽여본 놈들이 분명했다. 그러나 피월려는 살인을 밥 먹듯이 하는 낭인이다. 그것도 전 중원을 떠돌아다닐 정도의 실력을 지닌 무림인이다.

같은 흑도인이라도 격이 다르다.

반각도 지나지 않아 네 청년의 목을 모조리 부러뜨린 피월려는 경악한 눈으로 덜덜 떨며 자신을 바라보는 노인을 무정하게 바라보며 다가갔다. 멀리서 지켜보는 사람들도 칼부림이 나기가 무섭게 자리를 비웠기에 피월려와 노인을 제외한 어떠한 사람도 그 길에 남아 있지 않았다.

"다시 묻지. 낙양제일미가 황룡무가에서 나올 때가 언제지?"

노인의 입은 두려운 눈빛과는 다르게 묵묵부답이다.

바닥에 떨어진 검 한 자루를 집어 든 피월려의 얼굴에 악귀 같은 표정이 지어졌다.

*　　　*　　　*

몇 시진 후 피월려는 빠르게 북문으로 갔다. 검을 등에 숨기고 사람들의 행렬 속에 숨어서 다행히도 별 탈 없이 지나갈 수 있었다. 그는 관도를 따라 걷다가, 다리를 만나자 길에서 벗어나, 물길을 따라 산속으로 들어섰다.

해가 서쪽으로 기울었고, 그는 저녁으로 먹을 생선을 구우면서 작은 폭포에 몸을 담그고 있었다. 그때 수련을 통해서 날카롭게 벼려진 피월려의 감각에 이상한 기운이 감지되었다.

떨어지는 폭포의 소리를 뚫고 들리는 것은 사람이 풀을 밟는 소리가 분명했다. 일정한 박자를 타고 넓게 흐르며 점차 커지는 것이 피월려가 있는 곳으로 정확히 오고 있는 듯했다.

피월려는 무념무상을 유지할 수 없어 눈을 떴고, 저만치에서 작은 미소를 머금은 서린지를 볼 수 있었다.

의외의 손님이었다.

"안녕하셨어요?"

"서 소저?"

피월려는 폭포에서 나와 젖은 몸을 대충 털고는 서린지 앞에 섰다. 서린지는 물기가 뚝뚝 떨어지는 피월려의 몸을 바라보며 말했다.

"입교하신다면서요?"

"그렇게 되었소."

"그런데 참으로 오랜만에 보는 광경이네요. 폭포수 아래에서 정신을 가다듬는 무림인은 말이죠. 온종일 이렇게 수련하신 건가요?"

피월려는 피워놓은 불 옆에 앉았고, 서린지도 바위 위의 적당한 위치에 앉았다.

"뭐, 내공이 없는 무림인들은 심신을 다지고자 할 때 이런 방법을 쓸 수밖에 없소. 늙고 낡아빠진 방법이지만 그만큼 확실하오."

서린지는 어릴 때부터 영약을 먹으며 몸속에 차곡차곡 내공을 익혀 내력이 없는 생활은 생각도 할 수 없었다. 그렇기에 피월려의 모습이 왠지 모르게 이색적으로 느껴졌다.

"불편하지만 왠지… 멋지네요."

피월려는 나뭇가지를 이용해 불씨를 살렸다.

"공복이오?"

서린지는 마지막 식사를 끝낸 지 벌써 두 시진이 지나가고 있었다. 그러나 언제나 값비싼 음식만 입에 대고 살아온 그녀에게 야외에서 밥을 먹는 것은 상상도 할 수 없었다.

몸이 이리저리 비틀린 물고기들이 나뭇가지에 걸려 불 위에서 구워지는 것이 맛있어 보이기는커녕 징그러워 보였다. 서린지는 코를 찡긋하며 한쪽 눈썹을 내렸다.

"정중히 사양할게요."

그러자 피월려가 딱딱한 어조로 대답했다.

"알겠소."

그렇게 한마디한 후 불을 다루는 데 집중하는 피월려를 보고 서린지는 왠지 오기가 생겼다. 아무도 모르는 산속에 이리 손님이 찾아왔으면 뭐라도 물어야 정상일 터인데 피월려라는 사내는 아무것도 묻지 않고 자기 일만 묵묵히 하고 있다.

서린지는 결국 포기했다.

"궁금하지도 않아요?"

피월려는 서린지를 슬쩍 바라보더니 툭 내뱉었다.

"어떻게, 그리고 왜 오셨소?"

서린지는 살포시 웃었다.

"사실 궁금하셨죠?"

피월려는 묵묵히 대답했다.

"그렇소."

실망한 어린아이의 표정처럼 서린지의 얼굴이 살짝 어두워졌다.

"매우 다른 사람이 된 것 같네요. 그래도 조금은 재밌는 사람인 줄 알았는데."

"미안하지만 온종일 마음을 가다듬었으니 딱딱한 느낌이 있을 수도 있겠소."

서린지는 한숨을 쉬고는 말했다.

"오늘 밤에 황룡무가와 일이 있다고 들었어요."

피월려는 천마신교의 정보력에 감탄했다.

"천마신교의 입교식이 독특하니 어쩔 수 없지."

"그래요. 태생마교인이 아닌 자가 입교하려면 무조건 치러야 하니 피 공자도 피해갈 수는 없겠지요. 그런데 왜 하필 대상을 금룡(金龍)으로 정한 것이죠?"

금룡은 구룡사봉이라는 이름에 당당히 한몫을 하는 황룡무가의 후기지수로서 가주에게 대대로 내려오는 황룡무가의 황룡검주(黃龍劍主) 진파진의 자리를 이어받을 공자(公子)의 위치에 있었다. 구룡사봉 중 유일한 낙양 출신이었고, 아름답기로 소문난 낙양제일미를 여동생으로 두었으며, 옥면이라 칭하기에 부족함이 없는 잘생긴 얼굴에 진지하고 신중한 성격을 지닌 자라 평판이 나 있었다.

그러나 정보에 관심이 없는 피월려는 지금쯤 염라대왕에게 도착했을 그 노인이 알려주기 전까지 금룡이라는 사내가 황룡무가의 대공자라는 사실조차 몰랐었다.

피월려가 묵묵히 말했다.

"내 대상은 금룡이 아니오."

서린지의 아미가 찌푸려졌다. 천마신교의 정보를 담당하는 마조대(魔雕隊)로부터 피월려의 대상이 금룡이라고 똑똑히 전해 들었기 때문이다.

그것은 천마신교의 마조대도 어쩔 수 없는 오해에서 시작되었다. 구룡사봉을 노려야 하는 피월려가 황룡무가의 정보를 캐냈다면 당연히 그가 금룡을 죽이려 한다는 결론을 내릴 수밖에 없지 않겠는가?

서린지는 피월려의 눈길을 지그시 바라보며 조심스럽게 물었다.

"금룡이 아니라고요?"

"아니오."

"그럼 누구죠?"

피월려가 무표정한 얼굴로 말했다.

"내 대상은 낙양제일미이오."

"……."

순간적으로 서린지의 머리가 빠르게 돌아갔다.

낙양제일미. 그 이름은 이미 전 중원에 널리 퍼져 있다. 그리고 그녀는 백도세가의 금지옥엽이다.

즉, 그녀는 별호가 있는 오대세가의 인물.

서린지는 찰나의 시간에 낙양제일미가 교묘하게 대상에 적합하다는 사실을 깨달았다.

서린지의 눈과 입이 커졌다.

"설마 금룡이 아니라 낙양제일미를 죽일 생각인가요?"

"지인이오?"

"그, 그건 아니지만."

"다행이오."

피월려는 다시금 시선을 거두었다. 서린지는 한동안 말없이 피월려를 바라보았다. 서늘한 바람이 왠지 둘 사이를 갈라놓은 듯했다.

서린지의 얼굴은 점차 굳어갔고, 그녀의 눈빛은 점차 차가워졌다.

"당신도 별반 다를 것이 없는 무림인이군요."

"무슨 뜻이오?"

서린지는 대답하지 않았다. 그 대신 불쾌하다는 듯이 일어났다.

"이야기를 전하러 왔어요."

피월려가 고개를 들어 서린지를 보았다. 서린지는 이미 멀리 떨어져 걷고 있었고, 그녀의 마지막 말만이 남아 있을 뿐이다.

"그러나 피 공자에게 쓸모 있는 것은 아닌 것 같군요."

여인을 안다 하기에도 뭣하고 모른다 하기에도 뭣한 스물다섯의 청년인 피월려는 서린지가 화가 났다는 것은 알 수 있었으나 왜 화가 났는지에 대해서는 알 수 없었다.

피월려는 그녀에 관해서 신경을 끄고 잘 구워진 물고기를 집었다. 임자 있는 여자에게 신경 쓰는 건 머리만 아픈 일이기 때문이다.

*　　　*　　　*

피월려는 생소한 검을 손에 익히고 옷을 찢은 천으로 얼굴을 가렸다. 그리곤 아직도 보름달의 형태를 유지하고 있는 큰 달을 올려다보며 숨을 깊게 내쉬었다.

차가운 밤이다.

그는 천음절맥에 대해서 자세히 몰랐으나 몸 안에 음기가 넘친다는 의미는 대충 알아들었다. 그리고 그러한 기운 때문에 대부분 이십 세를 넘기지 못하고 절명한다는 것이다.

때문에, 황룡무가에선 그녀의 수명을 늘리기 위해 보름달의 기운을 받는 방법을 사용한다 했다. 보름의 기운이 강할 때에는 황룡무가 밖으로 나와 북쪽의 작은 산 위에서 기운을 다스린다는 것이다. 피월려는 그 위치에 있는 한 나무 뒤에서 낙양제일미를 조용히 기다렸다.

술시와 해시 사이에 작은 무리의 사람이 피월려가 기다리는 곳에 도착했다. 밤이었으나 보름달의 빛은 사람들의 얼굴까지도 확인할 수 있을 정도로 밝았다.

'비밀스러운 일이다. 그러므로 호위무사의 숫자는 적을 것이다'라고 말했던 그 노인의 말이 정확히 맞아떨어졌다.

우선 네 명의 남자가 동서남북으로 호위하듯 서 있었다. 머리에 두른 금빛의 두건에서 그들이 황룡무가의 무인이라는 것을 충분히 알 수 있었는데, 검을 잡은 모양새 하며 주위를 살피는 기색이 분명히 황룡검주 진파진이 딸을 위해서 가장 믿을 수 있는 무사들을 보낸 것이 분명했다.

그 중앙에는 마차를 두 명의 하인이 받치고 있었고, 그 마차 주위로 두 명의 시녀가 고개를 숙인 채 걷고 있다.

피월려는 그들이 공터에서 멈추기를 기다렸다. 이윽고 마차가 열리고 백옥색의 다리가 문밖으로 나왔다. 그러자 마차로부터 호위무사들이 몸을 돌렸다.

외투는 걸치지 않은 듯 무릎 아래로 내려오지 않는 반투명한 흰색의 천과 대조적인 칠흑의 속옷을 입은 매혹적인 모습이다. 뽀얀 속살이 모두 비쳐 보였고, 그 때문에 낙양제일미의 아름다운 몸매가 모조리 드러났다. 가냘픈 어깨와 함께 갸름한 얼굴이 보이려 할 때 피월려는 자기도 모르게 고개를 돌렸다.

몸이 감당할 수 없을 정도로 음기가 넘친다더니 바라보기만 해도 벗어날 수 없는 색기(色氣)가 철철 넘치는 여인이다.

그녀를 죽여야 하는 처지인 피월려는 아쉽기 그지없었다.

"후아."

호흡을 고른 피월려는 시위에 튕겨지는 화살처럼 쏜살같이 쏘아져 나갔다. 암살 같은 건 배워본 적도 없는 피월려의 발걸음은 거칠기 이를 데 없었고, 그가 반도 채 달려 나가기 전에 네 명의 사내가 검을 뽑아 들고 피월려의 앞을 막아섰다.

"웬 놈이냐!"

네 명의 호위무사는 곧 있을 격돌로 받을 충격에 대비해서 온몸의 기운을 일깨웠다.

챙!

초식이라 하기에도 민망할 정도로 단순한 검격(劍激)이 교차하였다. 피월려는 손끝에서 느껴지는 작은 진동에 상대방의 실력이 나쁘지 않다는 것을 깨닫고는 그대로 정면을 찔러 들어갔다.

공격을 받은 호위무사는 남자가 펼친다고 상상할 수도 없을 정도로 유연한 움직임으로 매끄럽게 검로를 바꾸었다. 피월려의 검이 잠시 이끌리는 사이에 양옆에서 두 명의 호위무사가 무릎과 허리 쪽을 양단하듯 휘둘렀다.

한 명이 공격을 저지하고 양쪽에서 공격하는 이 합공은 모든 합격의 기본이 되는 동작으로 각각의 특성이 잘 살아난 수많은 합공 중에도 가장 많이 사용된다.

공격을 막는 것이 아니라 흘리기 때문에 내력을 담아 공격한 상태라면 한 번 쏘아진 내력을 억지로 흡수하려다가 내상을 당하든지 아니면 앞으로 쏠릴 수밖에 없는데, 만약 그대로 빨려들어 갔다가는 하, 중으로 들어오는 검을 피하기 어렵다.

게다가 양쪽에서 공격하는 자들은 일대일 상황과는 다르게 방어를 생각할 것 없이 모든 내력을 쏟아부어 일격필살의 수법을 펼칠 수 있다.

그러나 정식 비무보다는 생사혈전을, 일대일 대결보다는 다수와의 싸움에 익숙한 피월려는 이 합격에 상당히 이골이 난 상태였다. 네 명이 아니라 다섯, 여섯이 펼치는 것도 경험해 보았고, 나름 생각해 둔 해법도 여러 번 확인한 상태이다.

그 해법은 바로 검에 무게를 더욱 실으며 상대방의 예상보다 더욱더 앞으로 나아가는 것이다. 내력이 없다 하여 검에 무게를 실을 수 없다는 것은 아니다. 호위무사는 피월려의 검끝에 잔뜩 실린 무게를 이기지 못해, 그 자세가 흐트러지며 기우뚱했다.

피월려는 그 기세를 틈타 몸을 공중에 띄웠다.

두 개의 서늘한 예기가 그의 몸 아래를 지나가며 바람을 찢어놓았다.

공중에 도약한 상태의 피월려는 두 다리를 일자로 뻗으며 양쪽 사내의 안면을 찼다.

퍽! 퍽!

두 번의 격타음이 들리며 두 호위무사가 턱을 부여잡고 뒷걸음질 쳤다. 그리고 그 사내들에게 밀려 네 번째 호위무사까지도 자세가 흩뜨려졌다.

기회가 생겼다.

공간으로 말하면 반경 일 장의 공간이오, 시간으로 말하면 찰나이다.

그러나 생사혈전에서 그것은 하나의 생명값이 된다.

피월려의 눈에 자세를 잡아가는 사내의 미간이 잡혔다. 엉성한 자세 때문에 방어는 할 수 없다.

판단은 내려졌고, 피월려는 왼손으로 주먹을 쥐고 벌처럼 쏘았다.

파악!

미간의 충격으로 말미암아 사내의 두개골이 울리며 경쾌한 소리가 들렸다.

사내는 뇌진탕을 겪는지 정신을 차리지 못하고 그 자리에 쓰러졌다. 그때 피월려의 기감에 등 쪽에서 예기가 감지되었다.

이상하다. 세 명의 호위무사는 모두 거리상 절대 검이 닿을 수 없다. 그렇다면 뻔하다.

검형(劍形)을 떠나 공중에 출수되는 검기(劍氣)다.

물체 속에 내제된 내력을 한순간 방출하여 원거리를 공격하는 것을 발경(發勁)이라 하는데, 그것을 검으로 하면 검기가 된다. 기본적으로 발경은 기의 특성을 가지고 매개체(媒介體)의 모양으로 쏘아지는데, 검기의 경우 날카로운 검날의 모양을 입었기에 무엇이든 잘라 버리는 매서운 바람이 된다.

'검기(劍氣)라……. 귀찮게 되었어.'

피월려가 허리가 끊길 듯이 빠르게 몸을 숙였다. 보이지 않는 예기가 피월려의 머리카락 몇 가닥을 날카롭게 베어버렸다.

간담이 서늘해진 피월려는 몸을 빙그르르 돌리며, 폭파하듯 발을 굴러 앞으로 쏘아졌다. 그런데 일 장(丈)은 되어 보이는 거리에서 두 명의 호위무사가 검을 상하로 가르는 것이 피월려의 시야에 잡혔다.

물론 삼 척이 넘지 않는 장검으로 일 장보다 멀리 있는 피월려를 맞추려는 건 아니었다.

'저놈의 검기.'

예상대로 검기가 쏘아졌다.

피월려는 어깨를 비틀고 목을 젖히며 그 두 개의 검기를 피해냈다. 그리고 금세 그들 앞에 다가가 내력을 검기로 쏟아내어서 둔해진 한 사내의 몸을 그대로 베었다.

허리가 끊긴 사내의 눈빛에는 절대로 피할 수 없는 검기를 피해낸 피월려의 몸동작을 믿을 수 없다는 불신이 담겨 있었다. 피할 수 없다고 판단했기에 모든 내력을 모아 검기를 쏜 것이고 그래서 몸이 굳은 것이기 때문이다.

그 와중에도 또 다른 호위무사가 피월려의 왼쪽 상단을 시퍼런 검기로 공격했다.

그러나 용안은 근본을 본다. 검을 보면 그 검로 자체를 꿰뚫어보는 것이다. 그러니 운동 방향이 단순한 검기는 말할 것도 없었다.

단순히 어깨를 뒤로 제치는 간단한 동작으로 밤공기조차 둘로 갈라 버리는 검기를 피해낸 피월려는 피가 진득이 묻은 검을 들어 순간적으로 둔해진 사내의 옆구리를 파고들었다.

그러나 찰나의 순간을 이용한 기습 공격이라 피월려는 급하게 한 손으로만 검을 놀릴 수밖에 없었다. 한 손에 담긴 위력으로는 뼈를 끊을 수 없었다. 피월려의 검이 한 사내의 가슴을 가르다 갈비뼈에 걸렸다.

피월려는 손목을 기묘하게 꺾었다.

'이건 초식이라 할 것까진 없고, 그냥 악독하니까 상대를 죽이고자 할 때만 써라.'

이름도 제대로 없는 살초를 가르치던 스승님의 말씀이 귓가에 들리는 듯하다.

피월려는 검을 잡은 손아귀를 안쪽으로 비틀며 하늘 위로 쳐올렸다.

"크아악!"

사내는 가슴이 찢어지는 고통을 느끼며 비명을 질렀다. 검날이 갈비뼈를 타고 흐르며 혈관과 내장을 짓이겼고, 흐르는 기류를 모조리 절단했다.

피월려의 초식은 적의 몸 안에서 검을 비틀어 몸의 조화를 망가뜨려 버리는 무서운 살초였다. 한 번 당하면 다시는 회복할 수 없게 만드는 것이 그 목적이다.

터지는 살갗에서 새빨간 피가 피월려와 두 호위무사에게 폭포처럼 뿜어졌고, 그 덕에 살얼음판과 같이 아슬아슬한 소강상태가 이뤄졌다.

황룡검주 진파진이 자신의 금지옥엽인 낙양제일미의 호위를 맡길 정도로 믿어 의심치 않던 네 명의 사내 중 두 명이 순식간에 명을 다했다.

피를 토하며 쓰러지는 사내들 뒤로 얼굴에 핏줄이 돋아날 정도로 분노한 다른 호위무사가 굉음을 내지르며 달려들었다.

"네놈을 죽이지 않으면 내 성을 갈리라!"

그 사내의 검에 황룡무가의 검법이 실현되었다. 우습게도 두 명이 죽고 나자 이제야 제대로 된 무공다운 무공이 시전된 것이다.

그러나 분노로 인한 거친 검격은 아무리 동고동락하는 동료라고 해도 함부로 합공할 수 없게 만들었다. 피월려는 단순한 일대일 상황을 만들어준 그 사내에게 마음속으로 감사를 표하며 용안으로 쏟아져 들어오는 세밀한 근육의 움직임과 뼈의 움직임 하나하나도 놓치지 않았다.

처음부터 검날이 휘어지는 것처럼 보일 정도로 맹렬하고 거칠게 검을 놀렸다. 그의 검은 파르르한 검기를 두르고 있어 닿는 모든 것을 베어낼 것이다.

백도문파의 무공이라 보기 어려운 그 사내의 검공은 이상하리만큼 혈향(血香)이 깊게 배어났다. 겉으로만 보면 패공으로 치부해도 아무런 하자가 없을 정도이다. 피월려는 이 검을 만든 자의 의지를 느꼈다. 죽이고 또 죽이고 싶어 하는 살기가 검공 하나하나에 녹아 있었다.

그는 쉴 새 없이 쏟아지는 검날을 용안으로 보고 종이 한 장 차이로 피하면서 기회를 엿보았다.

이러한 패공은 당연하지만 시전자의 자세가 불안정할 수밖에 없다. 온 힘을 공격에 쏟아붓기 때문이다. 그러나 이러한 결점을 모르는 사람은 없었고, 따라서 패공의 개성을 결정짓는 가장 중요한 부분은 바로 어떻게 자세를 다시금 잡아가느냐는 것이다.

상대가 죽을 때까지 끊임없이 공격하는 유형이 있는가 하면 상대를 속이는 허초(虛招)로 일관하다가 일검필살(一劍必殺)을 노리는 유형도 있다.

피월려는 황룡무가의 검공은 이 모든 방법을 담아낼 것으로 생각했다. 황룡무가의 역사를 생각한다면 이미 다져질 대로 다져진 검공은 아주 사소한 결점조차 모두 제거됐을 것이다.

천 년의 역사를 지닌 검공이 완벽에 가깝다면, 백 년의 삶도 어려운 인간에게서 불완전을 찾으면 되는 것이다.

용안의 힘으로 날카로운 예기를 하나하나 피해내는 피월려를 보며 그 사내는 점차 초조해지기 시작했다. 대부분 상대는 지독한 패공에 혀를 내두르며 알아서 먼저 지쳐 버리기 일쑤인데, 피월려의 기묘한 몸동작으로는 그의 옷자락조차 베어낼 수가 없었다.

한 명은 공격하고 한 명은 회피한다. 보통의 상황에서는 피월려의 체력이 바닥나기 십상이나, 그의 몸 상태는 최상인 데

다가 공격하는 사내의 검공이 너무나도 패도적이어서 피하는 사람보다 더욱 체력을 소비했다.

그 사내는 검형을 바꾸기로 했다. 지금까지는 분노로 인해서 내력과 체력을 모두 낭비하고 있었으나, 숨이 턱까지 차오르는 상태에서 연거푸 검형을 지속하는 것은 자살행위다. 미꾸라지처럼 피하는 상대는 허초로 상대하며 지구전으로 가는 것이 보편적이고, 그 사내는 검공의 허초 또한 완전히 익힌 상태였다.

사내는 손목과 팔에서 조금 힘을 뺐다.

피월려의 용안이 그 순간을 놓칠 리 없었다.

앞에서 안면을 향해 정면으로 찔러 들어오는 사내의 검을 보며 피월려는 왼손으로 주먹을 쥐고 그대로 검면을 때렸다. 검의 빠른 속도도 용안 아래에서는 한낱 작은 움직임에 불과했다.

파앙!

둔탁한 격타음이 밤을 울렸다.

만약 검기가 서려 있었다면 아니, 검기뿐만 아니라 조금의 무게라도 실려 있었다면 오히려 피월려의 왼손이 모두 박살났을 것이다. 하지만 허초를 생각한 그 사내의 검은 깃털만큼 가벼웠다.

그 검의 방향은 피월려의 권의 의해서 완전히 틀어졌다. 피월려는 귀 아래로 지나가는 사내의 검을 느끼며 작은 미소를 지었다. 어깨에서 느껴지는 차가운 예기에 피월려의 심장이 요동쳤다.

그대로 몸을 숙이며 앞으로 쏘아진 피월려의 검이 손아귀에서 검이 빠져나가는 것을 느끼며 당황한 그 사내의 심장을 꿰뚫었다.

또 하나의 피 분수가 차가운 밤공기를 뜨겁게 데웠다.

피월려는 그 기세를 몰아 마지막 남은 사내에게 빠르게 도약했다. 파랗게 질린 그의 얼굴에는 호위무사의 책임 따위는 이미 멀리 날아간 지 오래다. 그는 누군가를 지키기 위한 긍지가 아니라 이 자리에서 살아남기 위한 검공을 펼쳤다.

그러나 패공이란 하수에게 가장 위력적이며 하수를 상대한다는 다소 거만한 마음가짐과 포기하지 않는 근성이 필수적이다.

두려움에 떨며 펼치는 패공은 이미 패공이 아니다. 게다가 처음에 당한 뇌진탕도 전부 회복되지 않아 자세가 흩어졌다. 피월려는 단 삼 초만에 그의 목을 꿰뚫었다.

"신(神)… 속(速)……."

그의 목에 박힌 검 사이로 피거품이 일어나면서 겨우 두 글자를 만들어내었다.

피월려는 미련 없이 검을 빼내었고, 시체는 그대로 땅에 쓰러졌다.

밤의 추위를 느낄 수 없을 정도로 온몸에 따뜻한 피를 뒤집어쓴 피월려는 피에 절은 자신의 옷을 툭툭 털었다.

황룡무가의 여식을 보호하는 고수들이니 일류는 될 것이다. 그러나 그들은 본인 실력의 반도 제대로 발휘하지 못하고 검을 놓을 수밖에 없었다. 검기 한두 번 뿌리고는 죽어버린 것이다.

피월려의 얼굴은 무표정했다. 그는 자신이 죽인 사내들을 보며 스승을 만난 천운을 되새겼다. 아마 용안을 얻지 못했다면 자신도 내공 한 가닥 얻어 검기나 쏘아보겠다고 몸부림쳤을 것이다. 속은 비어 있는, 겉만 화려한 검을 추구했을 것이다.

그는 피가 뚝뚝 떨어지는 검을 들고는 말했다.

"아직도 도망가지 않았소?"

두 명의 시비와 두 명의 하인은 이미 자리에서 없어진 지 오래였다. 호위무사와 싸우는 동안 마차 안으로 들어가서 조용히 기다린 낙양제일미에게 한 말이다.

"그대가 죽는 모습을 보아야 하니까요."

밤공기처럼 음한 목소리가 마차에서 흘러나왔다. 그러나 왠지 모르게 남자의 심금을 자극하는 묘한 매력이 담겨 있었다.

피월려는 조용히 검을 들고 마차로 다가갔다.

"그대는 호위무사를 너무 믿었소. 나를 물리치기는커녕 황룡무가의 무인들이 도와주러 올 만한 시간조차 벌지 못했으니."

잠깐의 침묵이 흘렀다.

"그들은… 충성스러운 무인들이었어요."

"약한 무인이오."

"……."

"나오시오. 마차를 더럽히고 싶지 않소."

피월려의 말이 떨어지기가 무섭게 낙양제일미가 모습을 드러냈다. 마치 마지막까지 긍지를 잃어버리지 않겠다는 행동이다.

달빛에도 비치는 새하얀 살결 위로 반투명한 천이 춤추었다. 피월려는 눈길을 돌려 땅을 향했다. 그러나 그런 피월려의 마음과는 전혀 다르게 낙양제일미의 몸은 한 치의 떨림도 없이 평온했는데, 단지 입술을 깨문 것이 매우 분한 듯 보였다.

두려움은 보이지 않았다.

'죽음이 두렵지 않은가?'

피월려가 물었다.

"왜 도망가지 않소?"

"죽음을 기다리는 몸으로 평생을 살았어요."

낙양제일미는 그 영롱한 눈빛을 들어 피월려를 바라보았다.

피월려는 그 눈을 마주 보았다.

누구의 눈에라도 낙양제일미는 아름답기 그지없다.

그러나 낙양제일미도 인간이거늘 옥에 티가 없을 리 만무했다.

하지만 피월려의 용안은 아무것도 찾을 수 없었다.

아니, 오히려 용안의 신비한 관찰력이 낙양제일미의 완벽한 미모를 하나도 놓치지 않아 역효과를 일으키고 있었다.

마음이 격하게 흔들린다.

그때, 낙양제일미의 목에서 옥구슬이 굴렀다.

"지금껏 그대의 눈동자만큼 깊은 것을 본 적이 없어요."

천음절맥이라 그런지 귓가에 울리는 목소리조차 진한 색기를 불러일으켰다.

피월려는 낙양제일미에게서 눈을 뗄 수가 없었다.

"당신도 내 몸을 원하나요?"

낙양제일미가 무심하게 물었다.

피월려는 낙양제일미의 말을 이해하고는 표정이 일그러졌으나 곧 무표정으로 돌아왔다. 그러나 마음 깊은 곳에서 이유 모를 수치심이 번졌다.

그것이 욕망을 억눌렀다.

"덕분에 정신이 맑아졌소."

피월려는 핏방울이 마르지도 않는 검으로 낙양제일미의 심장을 찔렀다.

입가에 한 줄기의 핏물이 흐르고 낙양제일미의 몸이 부들부들 떨리더니 곧 그대로 바닥에 허물어졌다.

허무하고 짧은 무림의 밤이 끝이 났다.

피월려는 복면을 벗으면서 낮게 한숨을 쉬었다.

"하아……."

긴장이 완전히 풀렸다. 그러나 이대로 주저앉을 수는 없었다. 황룡무가의 금지옥엽을 살해했으니 그들은 척살령을 내릴 것이고, 그들로부터 도주하는 것도 만만하지 않을 것이다.

최대한 빨리 낙양지부로 가야 한다.

피월려는 각오의 한숨을 쉬었다.

"후유……."

그런데 갑자기 온몸이 굳어진다. 이상하게도 손가락조차 움직일 수가 없다. 멍하니 선 상태로 다리가 뿌리를 내린 듯이 도저히 움직일 수가 없다.

독인가? 그러한 생각이 피월려의 머릿속을 스쳐 지나갔다. 그러나 곧 뒷목에서 느껴지는 오싹한 예기가 느껴졌다.

피월려는 심장이 쿵 하고 떨어지는 듯했다. 독으로 말미암은 생체적 마비 증상이 아니라 생사의 갈림길에부터 오는 정신적 공황 증상이다. 피월려는 단연코 이곳에서 무사들을 죽이며 자신의 뒷목에 있는 뇌해혈에 정확히 검을 겨누는 이 기척을 단 한 번도 느끼지 못했다.

뒤에서 겨누기에 모습조차 볼 수 없는 이 낯선 자는 귀신이라 해도 믿기 어려울 정도의 은신술의 대가이다. 피월려의 목숨은 그자의 손가락 하나에 달렸다 해도 과언이 아니었다. 어떠한 기색도 없이 뒤로 다가와 조용히 뇌해혈에 검을 겨누는 솜씨는 전형적인 살수의 것이었다.

피월려는 숨을 쉬는 것도 멈추고 모든 신경을 뒤의 괴인에게 집중했다. 그러나 그 어떠한 기척도 피월려의 감각에 잡히지 않았다.

용안으로도 겨우 느낄 수 있는 것은 오로지 예기뿐이다. 마치 검은 어둠 속에서 날카로운 검 하나가 툭 튀어나와 있는 듯했다.

그때, 괴인이 피월려의 귓불을 슬쩍 핥으며 작게 속삭였다.

"후읍. 일단 천마신교에 입교한 것을 축하해."

수십 년간 몸을 판 창기도 울고 갈 만한 뇌쇄적인 색기가 피월려의 정신을 뒤흔들었다. 낙양제일미의 색기와는 그 근본부터 다른 색기였다.

그러나 생명이 걸려 있는 상태에서 그런 색기 때문에 그대로 정신을 놔버릴 사람은 없다. 피월려는 간신히 숨을 내뱉으며 물었다.

"천마신교의 살수이오?"

괴인은 뜻밖에 쉽게 대답했다.

"응. 그런데 선 매는 이미 만나봤다면서?"

피월려는 복도의 천장에서 매섭게 기습한, 온몸에 검은 붕대를 감고 있던 그 여인을 기억했다.

"그렇소."

"난 초류아라고 해. 그리고 바로 걔 언니야. 후훗."

한마디 할 때마다 무겁고 진득한 호흡과 콧소리가 섞여 피월려의 정신을 몽롱하게 만들었다.

"초 소저, 자, 잠시만……."

"왜 이렇게 긴장하는 거야? 호호호!"

사혈에 검을 겨눈 채 보이지 않는 여인이 뒤에서 숨을 고르며 성욕을 자극한다면 어느 남자라도 정신을 차릴 수 없을 것이다.

피월려가 뭐라고 말하려 입을 떼려 할 때, 초류아가 갑자기 앞으로 튀어나왔다. 초류아는 낙양제일미보다 더욱 노출이 심한 옷차림을 입고 있었는데, 금실로 곱게 수놓아진 붉은 옷을 반쯤 입다 만 듯한 복장이다. 그리고 그녀의 연약해 보일 정도로 가는 허리는 독특한 금색의 실이 꽉 조이고 있어 눈길을 사로잡아 놔주지 않는 풍만한 가슴을 강조했다.

그리고 그 모든 미모의 중심은 입가 아래쪽에 있는 작은 점이었다.

피월려는 그 모습에 아무런 말도 할 수 없었다. 그리고 그렇게 반쯤 벌어진 그의 입에 초류아가 입을 맞추었다.

혀가 뒤엉키며 용안이고 뭐고 백지처럼 하얗게 변했을 때, 피월려는 목구멍으로 무언가가 들어가는 이질적인 느낌을 받았다.

피월려는 그제야 정신이 번쩍 들어 초류아를 밀쳐냈다. 하지만 이미 초류아의 입을 통해 들어온 무언가가 피월려의 위장에 도착한 뒤였다.

"무, 무슨?"

초류아는 방긋 미소 지었다.

"아직 애송이네, 려 동생은. 이런 케케묵은 수법에 당하다니. 귀여워. 호호!"

피월려는 반박하려 눈을 부릅떴으나 곧 눈이 서서히 감기면서 그대로 땅에 곤두박질쳤다.

이번에는 확실히 독이다.

초류아는 낙양제일미를 들춰보며 말했다.

"흠, 귀찮게 심장을 제대로 찔렀네? 얘기를 잘못 들었나? 어쨌든 시간이 없으니 한 번만 말할게. 새겨들어. 너는 여기서 수련을 한 거야. 우연하게도 그 모습을 본 황룡무가의 호위무사와 시비가 붙었고, 그들이 먼저 다짜고짜 공격했지. 그래서 이런 일이 벌어졌어. 알았지?"

피월려는 초류아가 무슨 말을 하는지 알 수 없었다. 그러나 이미 목까지 마비되었는지 아무런 질문도 할 수 없었다.

피월려의 정신은 곧 아늑한 몽계(夢界)로 떠났다.

제삼장(第三章)

기절한 인간을 깨우는 데는 예로부터 차가운 물을 이용했다.

피월려는 처음 숨이 턱 막히는 듯한 압박감을 느꼈다. 그 뒤엔 전신의 근육이 놀라며 신경이 곤두서는 감각이 몸을 지배했고, 곧 정신이 번쩍 들었다.

그는 정면에서 비치는 햇살에 눈이 타 들어가는 것 같아 눈살을 찌푸렸다. 때문에 육안으로는 아무것도 보이지 않았으나, 주위에 많은 무인이 자신을 바라보고 있다는 것을 여러 소리를 통해 알 수 있었다.

눈이 빛에 익어 살며시 실눈을 떴는데, 처음 그 앞에 보인 것은 그의 목을 사방에서 겨누는 네 개의 검이었다. 피월려는 본능적으로 검을 찾았으나 손아귀에는 아무것도 잡히지 않았다.

점차 시야가 밝아지며 그들의 모습까지 보이기 시작했는데, 황색의 무복을 입고 황룡이 그려진 영웅건을 이마에 찬 모습이 영락없이 황룡무가의 무인들이었다. 대략 이십여 명으로 보이는 그들은 시신을 회수하거나 핏자국을 지우거나 하며 상황을 정리하고 있었다.

그리고 그들 사이에 약관을 갓 넘긴 미안의 청년이 화려한 자의를 입고 고풍스러운 부채를 한 손으로 흔들고 있었다.

그 청년의 입에서 차분한 목소리가 흘러나왔다.

"정신이 드나?"

아무리 보아도 무림인으로 보이지는 않았다. 거상의 버릇없는 아들이라 하면 정확하겠다.

피월려는 황룡무가의 무인 속에 섞여 있는 청년을 보며 물었다.

"누구지?"

"우리가 해야 할 소리를 하는군."

그 청년이 턱짓하자 한 무사가 피월려의 턱을 검면으로 툭 건드렸다. 피월려는 힘겹게 그 자리에서 일어났다. 온몸에 힘이 없는 것이 독의 영향인 듯싶었다.

본능적으로 검을 찾았으나 어디에도 보이지 않았다.

피월려가 주위를 둘러보며 말했다.

"황룡무가인가?"

"그렇다. 그리고 그런 의미에서 묻는데, 내 동생은 어디 있지?"

"동생?"

피월려는 옆에서 날아오는 발차기를 충분히 볼 수 있었으나 피하기에는 몸 상태가 받쳐주질 못했다.

퍼억!

피월려는 허리를 숙이며 그 자리에 주저앉았다. 최대한 복부에 힘을 주었으나 내장이 진동하는 것이 느껴질 정도의 무거운 충격이었다.

"커억! 커억!"

그 청년은 피월려가 토악질하는 모습을 냉정하기 짝이 없는 눈빛으로 바라보며 물었다.

"다시 묻지. 내 동생은 어디 있나?"

피월려는 호흡을 최대한 가다듬었다. 찌르는 듯한 통증을 보니 명치 주위에 피해를 본 듯했다.

"이름을… 크윽, 말해."

"진설린."

"모르겠는데."

"낙양제일미라고 하면 알겠는가?"

그 말이 끝나기도 전에 피월려의 고개가 휙 돌아가며 사내를 보았다.

낙양제일미를 동생으로 부를 수 있는 사람은 단 한 명밖에 없다.

"네가 금룡인가?"

구룡사봉에 당당히 한자리를 차지하며 전 중원에서 그의 별호를 모르는 사람이 없는 그 유명한 금룡 진설혼이 바로 피월려의 눈앞에 나타난 것이다.

진설혼은 피월려의 반응을 보더니 툭 내뱉었다.

"네 눈빛을 보니 행방을 아는 것이 확실하군. 말해라. 말하면 곱게 죽여주마."

피월려의 입가에 의미 모를 미소가 서렸다.

"곱게?"

"단칼에. 약속하지."

"……."

"동생의 혼사가 거의 확정되는 분위기에서 참으로 재수 없는 일이 벌어져서 말이야. 내 기분이 썩 좋질 않아. 게다가 네 놈이 죽인 네 명은 황룡무가의 중요한 영웅들이다. 목숨을 유지하는 건 불가하다."

피월려는 이상함을 느꼈다.

아무리 낙양제일미라는 별호가 붙을 정도로 아름다운 여인이라고 하나 곧 죽을 운명인데 혼사라니? 뭔가 껄끄러운 일이 황룡무가에서 벌어지는 것이 분명했다.

하지만 그의 관심은 곧 다른 데로 집중되었다. 바로 자신이 죽인 낙양제일미 진설린의 시신이 어디로 갔느냐는 것이다.

자신이 죽인 네 명의 호위무사의 시신과 마차는 그대로 있는데 왜 하필 진설린의 시신만이 홀연히 사라졌을까?

분명히 피월려에게 독을 먹인 초류아라는 여인이 가지고 간 것이다. 그러면 천마신교는 왜 진설린의 시신만을 가져가고 피월려를 여기서 죽게 내버려 두었을까?

이것 또한 시험인가? 아니면 피월려는 그저 이용하고 버리는 패인가?

피월려는 우선 보이지 않는 살기를 뿜어대는 진설흔에게 적당히 대답했다.

"내가 모른다면 어떻게 할 것이지?"

진설흔은 오히려 고개를 끄덕이며 말했다.

"뭐, 별건 아니야. 몇 가지 고문을 하는 것밖에 없어."

"요즘은 백도세가도 고문을 하는가?"

진설흔은 표정을 일그러뜨리며 거친 목소리로 대답했다.

"백도라는 말이 있기 전부터 황룡무가는 존재했다. 금지옥엽을 잃으신 아버님과 동생을 잃은 나의 분노를 생각하면 그 정도는 아무것도 아니야. 네놈의 출신지까지 밝혀내어 네놈이 알고 지낸 모든 인간을 도륙하지 않는 것만으로도 다행으로 생각해라. 물론 네놈의 대답에 따라 그것이 현실이 될지는 아무도 모르지."

고향 따위는 버린 지 오래인 피월려에게 그런 협박이 통할 리가 없다. 그나마 아버지처럼 모시고 지낸 스승님 또한 하늘에 계시니 피월려는 자기 자신의 목숨 이외에 딱히 소중히 여기는 것이 없었다.

그리고 그런 소중한 목숨을 위해서 피월려는 한 가지 선택을 해야 한다.

천마신교를 섬길 것인가, 넘길 것인가.

우선 진설혼의 말투로 보아, 피월려는 이미 네 명의 무사를 죽인 범인으로서 확정된 상태다. 도망간 시비들에게 어느 정도 이야기를 들은 것이 분명했다.

여기서 천마신교의 이름을 거론하여 슬쩍 발을 뺄 수도 있다. 그러나 그렇게 한다면 귀신같은 정보망을 지닌 천마신교가 모를 리 없다. 조금의 기척도 남기지 않은 초류아 같은 살수를 보내어 죽는 줄도 모르고 암살당할 것이다.

그래도 지금의 상황은 모면할 수 있지 않을까?

피월려의 목젖까지 천마신교의 천 자가 튀어나왔다. 그런데 번개 같은 생각이 뇌리를 스치며 피월려는 입을 닫았다.

초류아라고 말한 그 여인이 오로지 진실만을 이야기했다고 말할 수 있을까? 그 여인은 충분히 자신에 대해서 주저리주저리 설명하지 않아도 얼마든지 피월려를 잠재울 수 있었다. 굳이 그녀가 천마신교의 인물이라는 것을 티를 낸 까닭은 무엇인가? 아니면 그것조차 거짓인가?

피월려는 초조하게 기다리는 진설혼을 보며 환하게 웃었다.

"목이 말라."

진설혼이 입술을 비틀었다.

"돌아간다. 네놈은 세가에서 죄를 묻겠다."

피월려는 억센 손길에 이끌려 포박을 당하고 나서 그대로 황룡무가로 끌려갔다.

두통이 한동안 가시지 않을 정도로 두 눈을 꽉 묶은 두건은 희미한 빛 이외에는 아무것도 통과시키지 않았다. 피월려는 양쪽에서 그의 팔을 잡고 있는 사람들에게 의지하여 특유한 흙냄새가 풍기는 지하로 들어섰다.

계단을 모두 내려오자마자 누군가 그의 뒤를 찼고, 피월려는 발길질에 앞으로 엎어지고 여러 번 계단에서 굴러떨어졌다. 무릎과 어깨 부근의 살이 찢기고 시퍼런 멍이 들기 시작했다.

피월려를 제외한 모든 사람이 계단을 올라가기 시작했다. 피월려가 포박당한 몸을 이리저리 굴려가며 겨우 몸을 일으켰을 때 위쪽에서 쿵 하는 소리와 함께 그나마 남아 있던 작은 빛조차 사라져 버렸다.

크기조차 알 수 없는 무음의 암실 안에서 피월려는 스멀스멀 기어들어 오는 두려움을 떨쳐내었다.

한 시진이 흘렀다. 땅바닥에 얼굴을 긁어내어 두건을 겨우 벗겨낸 피월려는 주위를 둘러보았고, 두건을 쓰고 있을 때와 별반 다른 것이 없는 시야에 마음속 깊이 실망했다.

또다시 한 시진이 흘렀다. 생각보다는 오래 걸렸으나 왼손의 포박을 풀이내었고 몸과 오른손의 포박도 차례로 풀어냈다.

그다음에는 가만히 가부좌를 틀었다.

빛이 있을 때보다 빛이 없을 때 오히려 눈이 더 피곤해지는 법이다. 소리가 크게 날 때보다 아무런 소리도 들리지 않을 때 귀가 피곤해지는 법이다.

피월려는 눈을 감고 귀를 닫았다. 밖의 세계와 마음의 창을 닫아버린 피월려는 자신의 내부에 집중했다.

"너는 여기서 수련을 한 거야. 우연하게도 그 모습을 본 황룡무가의 호위무사와 시비가 붙었고, 그들이 먼저 다짜고짜 공격했지. 그래서 이런 일이 벌어졌어. 알았지?"

알 수 없는 말을 한 그 초류아라는 여인이 먹인 독기가 아직도 은은하게 남아 있었다. 배꼽 아래까지 들어차는 공기를 느끼며 피월려는 흐르는 기혈을 제어했다.

그러나 지하의 공기는 썩었다 해도 좋을 만큼 나빴다. 아무리 가부좌로 몸을 돌보아도, 빈사 상태라고 해도 좋을 만큼 그의 몸이 악화되었다.

더는 가부좌를 유지할 수 없을 정도로 곤할 때에, 피월려는 누군가 바늘로 그의 눈을 찌르는 듯한 고통을 느꼈다.

끼이익!

문이 열리고 진설혼의 거만한 눈빛이 피월려를 내려다보았다.

"아직도 목이 마른가?"

피월려의 성대는 말을 꺼내기 어려울 정도로 상해 있었다. 진설혼을 포함해서 세 명이 아래로 내려왔다. 진설혼은 피월려의 앞에 도착하기가 무섭게 그의 얼굴을 후려쳤다.

피월려가 땅에 곤두박질치며 무수한 흙먼지가 공중에 흩날렸다. 진설혼이 가까이 다가가 피월려의 멱살을 잡고 으르렁거렸다.

"어디 있지? 당장 말해라!"

"……."

"말해!"

피월려의 목이 가늘게 떨렸다.

"모, 모른다."

진설혼은 어깨를 부들부들 떨며 죽일 듯 피월려를 노려보더니 그를 땅에 내팽개쳤다. 그러고는 허리에 달린 호화로운 검을 꺼내 들었다.

챙!

금속의 마찰음이 어두운 암실에 메아리를 만들어냈다.

"공자님, 안 됩니다."

진설혼은 자신의 검을 막아선 옆의 무사에게 모든 분노를 표출했다.

"네놈이 내 길을 방해하겠다는 것이냐!"

"황룡무가의 생사가 걸린 일입니다."

"네놈도 아버지처럼 마교 따위가 무섭더냐?"

"……."

"그런 게야?"

쩌렁쩌렁한 목소리가 고막을 찔렀다. 그러나 그런 목소리에도 그 무사는 아랑곳하지 않고 대답했다.

"그들은 강합니다."

"그래서? 흑도 나부랭이 녀석들의 말 하나에 이 개자식을 순순히 보내줘야 한다는 말이냐?"

"그들은 강합니다."

"닥쳐라!"

"공자님."

"닥쳐……."

진설혼은 벌레를 쳐다보듯 멸시하는 눈빛으로 피월려를 바라보며 침을 딱 하고 뱉었다.

"퉤! 네놈은 내가 죽인다. 기대해라."

피월려는 또다시 두 무사의 손길에 의해서 그 암실에서 나왔다.

그런데 밖으로 나오자마자 피월려는 기이한 경험을 했다.

아무리 눈을 감아도 강렬한 햇빛은 그의 눈을 아리게 만들었고, 개미가 기어가는 소리까지 그의 고막을 천둥처럼 꿰뚫었다. 만 하루 동안 물을 먹지 못한 피월려의 용안은 꿈과 현실을 오가며 환각 속에서 발휘되었다.

피월려가 느끼는 세상은 너무나도 커서 도저히 받아들일 수가 없었다. 시간 감각조차 흐릿해졌다.

"새겨들어. 너는 여기서 수련을 한 거야. 우연하게도 그 모습을 본 황룡무가의 호위무사와 시비가 붙었고, 그들이 먼저 다짜고짜 공격했지. 그래서 이런 일이 벌어졌어. 알았지?"

털썩!

피월려는 땅에 곤두박질치고 또다시 머리가 땅에 처박혀서야 현실을 직시하기 시작했다. 턱 부근에서 느껴지는 고통이 그의 정신을 일깨웠고, 복부에서 느껴지는 통증이 감각을 되살렸다.

넓은 방이다.

그 방에는 수많은 무인이 있었다. 대부분 금색의 복장을 한 황룡무가의 무인들이었다. 잘 정돈된 복장과 기운이 한껏 뿜어져 나왔다. 그들의 중앙에는 한 백발 백미의 금의인이 자신의 멋들어진 수염을 만지며 피월려를 노려보고 있었다.

그와 반면에 방 다른 쪽에는 흑의로 온몸을 도배한 세 명의 남자가 있었는데, 양쪽에 서 있는 사람들은 나지오와 천서휘였고, 중앙에 점잖게 앉아 있는 사람은 서화능이 분명했다.

서화능은 쓰러져 있는 피월려에게 무심한 눈빛을 보내더니 바로 거두며 말했다.

"내가 말한 자가 바로 이자요."

"역시 그렇군."

"자, 그럼 다시 묻겠소. 왜 아무런 이유도 없이 본 교의 마인을 포박하였소?"

금의인은 고개를 젖히고 백미를 쓸어내렸다.

"정말로 이유를 모르시는 게요?"

"모르오."

"저자는 황룡무가의 무인 넷을 죽였고 린아의 실종에 관여하였소."

서화능은 피월려에게 고개를 돌렸다.

"설명해라."

피월려는 만 하루 동안 충분히 준비한 말을 그대로 말했다. 기도가 상해서 잘 나오지 않았지만, 피월려는 최대한 또박또박 말하려 애쓰며 느릿느릿하게 혀를 놀렸다.

"그날도 평소처럼 그곳에서 무공을 수련하는 도중, 황룡무가의 무인들과 마주쳤습니다. 타인에게 수련하는 모습을 보일 수 없어 경고하였으나 그들은 다짜고짜 검을 뽑아 들고 저를 공격하였고, 저는 하는 수 없이 그들을 상대할 수밖에 없었습니다."

"낙양제일미의 소재는 아느냐?"

"평생 그녀는 본 적도 없습니다."

서화능은 기가 막힌다는 표정을 짓는 금의인을 바라보았다.

"이번 일은 오해에서 비롯된 것 같은데, 그대의 주장을 뒷받

침할 물증이 있소?"

"증인이 넷이오."

서화능이 코웃음 쳤다.

"모두 황룡무가의 사람이지. 물증이 있소?"

"……."

이런 일에 무슨 물증이란 말인가?

살결의 털이라는 털은 모두 곤두서게 할 정도로 강력한 살기가 그 금의인으로부터 폭사되었다.

서화능은 어깨를 들썩이며 말했다.

"본좌는 마인이나 오랜 역사를 지닌 황룡무가와 황룡검주 그대를 존경하고 있소. 그러나 이리 억지를 부리신다면……."

금의인, 황룡무가의 가주이자 황룡검주란 별호를 지닌 진파진이 서화능의 말을 자르며 호통 쳤다.

"억지라 하셨소! 흑무수(黑霧手)!"

그 아비에 그 아들이랄까. 진설혼의 고함보다 열 배는 더욱 큰 소리가 주변을 진동시켰다.

서화능은 잠시 말없이 가벼운 미소를 짓더니 흑암을 연상케 하는 검은 눈빛으로 진파진을 지그시 바라보았다.

"황룡검주께서 본좌의 별호를 기억하시니 그것이 만들어진 일 또한 기억하시리라 믿소."

한번 움직이면 그곳에는 검은 연기만 남는다는 흑무수다.

진파진의 흰 눈썹이 꿈틀거렸다.

"협박이오?"

"경고이오."

진파진의 눈꺼풀이 뒤집히듯이 넘어갔다. 지금까지의 침착함은 거짓인 듯 진파진은 그 자리를 박차고 일어섰다. 단순히 살기라고 표현하기에는 너무나도 광대한 기운이 방 안을 메웠다.

"감히… 내 집에서 나에게 경고를 한다 하였느냐!"

"피를 보고 싶으시오? 그러면 그렇게 하시오. 흑백은 본래 피로 대화하는 법이니. 하지만 그것이 꼭 여러 명의 것일 필요는 없소."

"무슨 뜻이냐, 흑무수? 혹여라도 본좌와 생사혈전을 원한다면 얼마든지……."

서화능은 조용히 손을 들어 진파진의 말을 막았다.

"천서휘, 명이다. 앞으로 나와라."

조용히 뒤쪽에 서 있던 천서휘가 서화능의 명에 따라 두 걸음 앞으로 나오자 모든 사람의 시선이 그에게로 쏠렸다.

훤칠한 천서휘의 미안에서 모든 것을 지배하는 듯한 광오한 눈길이 황룡무가의 무인을 모조리 쓸었다.

"존."

천서휘의 시선이 진설혼에게서 딱 멈췄다.

"명."

서화능 또한 손가락을 들어 진설혼을 가리켰다. 그러면서 상황을 이해하지 못하는 진파진을 바라보며 말했다.

"본좌나 황룡검주의 생사는 곧 본 지부와 황룡무가의 총력전(總力戰)과 진배없소. 그렇다면 역시 대리인을 내세우는 것이 좋지 않겠소?"

진파진은 이해하지 못한 투로 의문을 표했다.

"대리인?"

"나는 낙양지부의 미래를 걸겠소. 황룡검주도 황룡무가의 미래를 걸 수 있소?"

이것은 진파진와 진설혼 둘 모누에게 명백한 도발이었다. 진설혼은 손아귀의 핏줄이 터져 나가도록 검을 쥐며 아버지인 진파진에게 무릎을 꿇었다.

"아버님, 하겠습니다. 기필코 저자의 심장을 도려내 황룡무가의 체면을 세우겠습니다."

진파진은 진설혼의 말은 듣지도 않고 서화능에게 말했다.

"천마신교 낙양지부의 미래에 대해서는 아무런 관심도 없는 내가 왜 그런 제안을 들어줘야 하나?"

서화능은 작은 미소를 지으며 대답했다.

"만약 본 교가 패한다면 조용히 물러날 뿐 아니라 낙양제일미의 소재를 하루 안에 찾아주겠소."

"……."

"그러나 황룡무가가 패한다면 피월려를 데려가겠소."

황룡무가가 장님이라서 지금껏 진설린에 대한 하나의 단서도 잡지 못한 것이 아니다. 그 정도로 진설린의 행방이 묘연한 상태에서 만 하루 만에 그녀를 찾을 수 있다고 큰소리치는 서화능의 속내는 어쩌면 너무나도 당연했다.

서화능의 깊은 눈빛은 그 끝을 알 수 없었다. 진파진은 굳은 입술을 깨물며 말했다.

"남아일언은?"

"본 교를 무시하지 마시오."

"좋다."

진파진의 말이 끝나기가 무섭게 천서휘는 검을 뽑아 들었다. 그러고는 턱짓으로 밖을 향했다.

"따라와라, 금룡."

그러고는 미련없이 방을 박차고 나섰다.

"아버님, 실망시켜 드리지 않겠습니다."

마지막 인사가 될지 모르는 말을 남긴 진설혼은 거칠게 검을 뽑으며 천서휘를 뒤따라갔다.

점차 발걸음 소리가 멀어지더니 곧 아무런 소리조차 들리지 않았다.

방 안은 또다시 처음의 상태로 되돌아갔다.

“내 찻잔이 비었소, 황룡검주.”

서화능의 목소리는 능글스럽기 그지없었다. 진파진은 날카로운 눈빛으로 그를 쏘아보고 하녀에게 말했다.

“내어드려라.”

하녀가 방 안으로 들어와 찻잔을 채웠다.

그렇게 두 번의 찻잔이 비워졌을 때다.

온몸이 붉게 물들인 천서휘가 잘려 나간 목에서 아직도 피가 뚝뚝 떨어지는 진설혼의 머리를 들고 방 안에 나타났다.

진파진의 표정은 뜻밖에도 침착했다. 흰자위밖에 보이지 않는 진설혼의 두 눈을 뚫어져라 직시하고 있는 것만 빼면.

서화능은 그 모습을 찬찬히 즐긴 후 손가락으로 피월려를 가리키며 말했다.

“나지오, 명한다. 저거 가지고 와라.”

“존명.”

나지오는 신속한 움직임으로 피월려에게 다가갔다.

그 모습을 본 황룡무가의 무사들은 나지오가 피월려를 등에 업을 때까지 충격에서 벗어나지 못하여 아무런 말도 하지 못하고 있다가 진파진을 다급하게 불렀다.

“거, 검주님!”

"검주님!"

진파진의 눈빛이 점차 흐려지더니 곧 멍해졌다. 천서휘는 진설혼의 머리를 내려놓았고, 서화능은 흑의를 탁 잡아매며 몸을 돌렸다.

"그럼 이만 돌아가겠소, 황룡검주. 이 일을 잊지 마시구려."

진파진은 그때까지도 정신을 차리지 못한 듯 보였다. 문지방을 넘어서는 천마신교 일행과 진파진을 번갈아보며 어찌할 바를 모르던 황룡무가의 무인들은 하나같이 소리를 지르기 시작했다.

"네, 네놈들! 어, 어디를 가려는 게냐!"

"가, 감히 우리 공자님을 죽이다니!"

"서라! 살아서 내보내면 안 된다."

그때, 진파진의 오른손이 서서히 올라갔다. 느리고 힘없는 그 손길에는 허무함마저 담겨 있었다.

"그만, 그만… 보내주어라."

진파진의 공허한 눈길은 아직도 진설혼을 향해 있었다.

*　　　*　　　*

언젠가 한 번 맡았던 꽃향기가 피월려의 콧속을 찔러 정신을 일깨웠다.

"서린지 소저가 맞소?"

서린지는 서서히 눈을 뜨는 피월려를 응시했다.

"천마신교의 마인이 된 것을 축하해요."

피월려는 천천히 몸을 일으켰고, 여기저기 붕대가 감겨 있는 자신의 상체에 힘을 주어보았다. 잔뜩 풀어진 근육이 놀라며 작은 고통을 호소했다.

"얼마나 누워 있었소?"

"지부에 도착하신 지 만 하루가 지났어요."

서린지는 다 식은 밥과 야채볶음이 올려져 있는 밥상을 들어 피월려 앞에 놓았다. 피월려는 고개를 숙이고 감사를 표하며 젓가락을 움직였다.

"낙양의 시간은 매우 빨리 가는 것 같소. 이곳에서 보낸 시간 중 제대로 정신을 차리고 있었던 적이 없군. 하지만 그쪽 얼굴을 세 번이나……."

피월려의 말은 서린지가 자리를 박차고 일어나면서 자연스럽게 끊겼다.

"전 일이 있어서 이만."

피월려가 뭐라 하기도 전에 서린지는 묘한 향기를 남기며 방 안에서 나가 버렸다.

"아직도 화가 나 있는 건가?"

어리둥절한 표정으로 그렇게 중얼거린 피월려는 밥상 위의 음식을 모조리 먹어치우고 침상에서 내려왔다. 방문을 슬쩍 열어 밖을 보니 여전히 불쾌하기 짝이 없는 어두운 복도가 그를 반겼고, 그래서 그는 나가지도 못하고 방 안에 있어야만 했다.

가구들을 한곳으로 모아서 공간을 만들어보니 검을 수련하기에는 좁으나 권각으로 몸을 풀기에는 적당한 크기였다. 어차피 검도 없었으니 피월려는 선택의 여지가 없었다.

적당히 땀을 흘리니 몸이 좀 풀리는 것 같아 피월려는 가부좌를 틀어 정신을 가다듬었다. 그런데 문지방 쪽에서 가벼우면서도 무거운 이상한 기운이 느껴졌다.

"나 선배?"

나지오는 전과 마찬가지로 머리를 긁적였다.

"뭐야? 수련 중이야?"

"그냥 정신을 가다듬고 있었소."

"그게 수련이지 뭐야. 그러고 보니 넌 볼 때마다 수련을 하는구나. 참 부러운 성격이야."

"나 선배는 수련을 좋아하지 않는가 보오."

"실전이 더 재밌는 건 사실이잖아. 자고로 검은 한번 들었으면 피를 보고 난 후에 집어넣는 거니까."

나지오는 침상 위에 아무렇게나 걸터앉고는 목 뒤로 팔짱을 꼈다. 피월려는 그런 그의 옆에 앉아 물었다.

"나 선배에게 물어볼 게 많소."

"그래? 뭐가?"

피월려는 나지오가 매우 뻔뻔한 사람이라고 생각했다. 사람을 사지로 몰아놓고 이렇듯 아무런 일도 없었던 것처럼 대하니 말이다.

조금 격앙된 목소리로 피월려가 불만을 털어놓았다.

"당연히 많지 않겠소? 임무를 완수하자마자 갑자기 독약을 먹여 함정에 빠뜨리다니 말이오. 그리고 그 이후에는……."

나지오는 턱을 괴고 고심하는 표정을 짓더니 손을 들어 그의 말을 잘랐다.

"지 매한테 아무런 말도 못 들었어?"

나지오의 얼굴은 의아함을 담고 있었다.

피월려가 말했다.

"나는 서린지 소저에게 아무런 말도 듣지 못했소."

"무슨 말이야? 폭포에서 수련할 때 못 만났어?"

"만났소."

"그럼 당연히 뭐라고 말을 들었어야……. 말 안 했군."

나지오는 피월려의 굳은 표정에 상황을 이해하기 시작했다.

"그녀가 나에게 뭐라고 말해야 했소?"

피월려의 말에 나지오는 눈살을 찌푸렸다.

"그 질문에 대답하기 전에, 그럼 너는 애초에 왜 낙양제일미를 죽인 거야?"

피월려는 아무런 말을 하지 않았고, 나지오는 조금의 생각 뒤에 놀라는 표정을 지으며 다시 물었다.

"설마 원래 그녀가 목표였나?"

"그렇소."

피월려의 눈을 응시하는 나지오의 눈빛이 낮게 가라앉았다.

그러다 돌연 나지오가 광소했다.

"하! 크하하! 아, 그런 것이군. 일이 재밌게 돌아갔어."

"설명해 주시오."

나지오는 한참을 더 웃더니 설명했다.

"사실 지 매는 너에게 낙양제일미가 자주 오는 그 동산의 위치를 알려주며 그곳으로 가라고 명령해야 했어. 그런데 넌 알아서 가준 것이고. 근데 지 매는 왜 말을 안 했대?"

"잘 모르겠소. 내가 낙양제일미를 암살하려 한다고 하니 그냥 가버렸소."

"그래? 흐음……. 큭큭큭."

나지오는 무언가 깨달았다는 듯이 음흉하게 웃었다. 그러나 피월려는 아직도 이해가 가질 않아 물었다.

"서찰에는 별호를 지닌 백도문파 무림인을 암살해야만 천마신교에 입교할 수 있다고 쓰여 있었소. 그런데 왜 갑자기 나한테 낙양제일미를 죽이라는 명령이 내려온 것이오?"

"아, 그거? 네가 금룡을 목표로 한다는 정보를 듣고 지부장님께서 계획을 바꾼 거지. 네가 황룡무가가 떡하니 버티는 이 낙양에서 금룡을 죽이려고 하는 무식한 놈인지는 몰랐거든. 다른 용도 많은데 말이지. 치기를 버리지 못한 어린아이같이 보였어. 네 행동에 실망했고, 그래서 버리는 패로 이용하기로 한 거야. 그런데 이제 보니까 네 목표는 낙양제일미잖아? 크크큭. 무식한 게 아니라 너무나 똑똑했던 거야, 넌."

그렇게 툭 내뱉은 나지오는 갑자기 눈길을 돌리며 미소 지었다.

"뭐, 어쨌거나 이 일이 계획되게 된 처음 이유를 설명하면, 처음에 본 교에서는 아홉 마리의 용이 너무 많다고 판단하여 이리저리 고민했지. 그래서 결정된 것은 바로 암살이었어."

"암살?"

"그래. 구룡 중 한 세 마리 정도 죽이는 계획을 세웠고, 그 중 하나를 금룡으로 잡았다. 그리고 그가 중원을 유람하는 틈을 타서 본 교의 살수를 보냈다. 그런데 처음부터 뭔가 이상하더니 세 번을 연거푸 실패했지."

피월려는 눈을 크게 뜨며 경악을 감추지 못했다.

"금룡이 그토록 강하오?"

"그것보다 중요한 건 그 사실을 지금까지 숨겨왔다는 것이지. 마조대(魔雕隊)에는 연이 없어서 자세히는 모르지만, 한 번씩 암살 시도를 할 때마다 웃음조차 나오지 않을 정도로 매번 강해졌다는군. 천마신교의 말존대(抹存隊)가 금룡의 실전 경험만 늘려주는 꼴을 했다는 것이야."

"……."

천마신교 같은 거대 세력에서 내리는 판단은 수십 번 확인된다. 천마신교라는 단체의 살수를 세 번이나 막았다는 것은 그 실력도 실력이지만 그보다 정보를 숨기는 데 익숙하다는 것이다.

나지오가 말을 이었다.

"또한 그런 일이 터졌으면서도 보란 듯이 유람을 계속했지. 백도무림 쪽에서는 듣지도 보지도 못한 듯이 조용했고."

피월려는 왠지 모르게 진설혼의 마음을 이해할 수 있었다.

"금룡은 자신의 상황을 즐겼을 것이오."

"맞아. 자신을 향한 신원 불명의 살수들을 격퇴하면서 미래에 세상을 구하는 운명을 지닌 영웅 같은 기분이 들었을 거야. 자신감에 가득 차 아무에게도 말하지 않은 것이겠지. 문제는 그 일이 가능하기 위해서 하나의 조건이 필요한데 말이지. 바로 강력한 무공이야. 마조대가 좀 더 집중해서 과거를 들추어내니 열여섯부터 스물하나가 될 때까지 행적을 도저히 알아낼 수 없었지. 뭐, 절벽에서 떨어진지는 모르지만 하여간 기연을 얻어 절세신공이라도 익힌 것으로 추측했어. 세인들이 평가하는 금룡의 실력은 그의 진정한 실력의 일 할도 되지 않았지. 뿌리부터 마공을 익힌 자라 해도 그 나이에는 가질 수 없는 엄청난 무공의 소유자가 바로 금룡이었지."

"그래도 천서휘는 금룡을 베었소."

나지오는 잠시 말을 멈추고 묘한 눈길로 피월려를 보았다.

"너와의 일전에서 천서휘는 차마 마공을 사용할 새도 없이 단 일 초에 진 것이야. 금룡에게는 자신의 최고의 마공으로 상대했겠지. 그 무지막지한 걸 이각 동안 버틴 금룡은 무공 수위만 놓고 보았을 때 최소 절정고수다."

"……."

"어쨌든 세 번의 실패로 얼굴에 똥칠한 말존대에게 내려오는 것은 질책뿐이었고, 잘못을 만회할 기회도 박탈되었다. 그리고 열 받은 교주는 낙양지부에 금룡의 암살령을 내렸지. 그런데 이게 또 골치 아픈 게, 낙양지부는 백도무림 한가운데에 있는 곳이라는 점이지. 백도가 압도적인 낙양에서 금룡을 어떻게 하는 것 자체부터가 흑백대전의 시발점이 될 수 있었기에, 암살의 성공 자체보다는 은밀성이 더 중요했어."

"그래서 나를 이용한 것이오?"

나지오는 고개를 끄덕였다.

"서 지부장님께서는 한 번에 여러 일을 생각하시지. 네가 이용당했다고 생각한다면 뭐라 못하겠지만, 이번 일은 부분적으로 너를 시험하는 일이기도 했다. 사실상 네 일을 대신할 마인은 충분하니까."

"그러나 단순히 나를 시험하기 위해서 굳이 그렇게 복잡한 일로 만들었다는 건 믿기 어렵소."

나지오는 한숨을 툭 쉬고는 이야기를 이었다.

"우리는 황룡검주조차 금룡의 무공에 묘한 질투와 압박을 느끼고 있다는 것과 그가 그리 깨끗한 인물이 아니라는 것도 알아냈다. 즉, 암묵적인 동의하에 뒤탈 없는 방법으로 금룡을 처리한 것이지. 낙양제일미를 넘기는 대가로."

뜻밖의 말에 피월려는 아무런 대답을 하지 못했다. 피가 뚝뚝 떨어지는 아들의 머리를 보던 진파진의 그 허무하던 눈빛이 생각났다. 그런데 그러한 것이 모두 암묵적인 동의하에 일어난 것이라는 건가?

"황룡검주가 자기 딸을 대가로 아들을 죽게 내버려 뒀다는 것이오?"

"그것도 이야기가 길지만 짧게 설명하면 금룡과 낙양제일미의 어머니가 그리 정숙한 부인이 아니었지. 오히려 젊은 남자들을 탐하고 다니는 탕녀였어. 그것을 눈치챈 황룡검주가 은

밀히 이쪽에 조사를 의탁했고. 뭐, 백도인들은 꼭 더러운 일이 있으면 우리에게 조용히 협조를 구하기는 했으니까."

"……."

"그리고 곧 낙양제일미도 금룡도 자신의 친자식이 아니라는 사실을 알게 되었고, 분노에 눈이 먼 것이지. 뭐, 막상 일이 일어나 버린 지금의 시점에서는 뼈에 사무치게 후회하고 있을지도 모를 일이지만."

"아무리 그렇다 하나… 자기 자신의 아들을……."

나지오는 작은 미소와 함께 낮게 가라앉은 눈빛으로 피월려에게 말했다.

"흔해 빠진 이야기야. 역사가 오래된 가문일수록 피비린내가 나는 법이지. 황룡검수 자신도 그 이름을 손에 얻으려고 젊었을 적, 친형 둘을 자기 손으로 죽였지 아마? 손에 묻은 친족의 피가 십을 넘을걸."

피월려는 침묵했다.

사실 그도 전 중원을 여행하며 이러한 이야기를 많이 듣기는 했다. 그러나 위풍당당한 백도세가 안에서 그런 일이 벌어지는 것 또한 받아들이기 어려운 것이 사실이다.

피월려는 순간 자신의 손에 죽은 진설린이 생각났다. 그녀의 죽음은 무언가 석연치 않은 부분이 있었다.

"그럼 낙양제일미로 천마신교가 얻는 것은……."

"이제부터는 본 교라 칭해야 할 거야."

갑작스러운 나지오의 말에 피월려는 말을 멈췄다가 다시 이었다.

"본 교가 얻는 것은 무엇이오? 그녀는 초류아라는 분이 데려간 것 같은데. 혹시 천음절맥이라는 그 특이한 몸과 관련 있는 것이오?"

"천음절맥? 흐음, 어떻게 알았어? 아는 사람이 별로 없는데 말이지."

"……."

나지오의 게슴츠레한 눈빛을 피월려는 침묵으로 받았다. 그러자 나지오가 슬쩍 미소를 지었다.

"흐음, 정보력이 꽤 있는데? 하여간 질문에 대답하자면, 나도 잘 몰라. 말했다시피 서 지부장님께서는 한 번에 여러 가지 목적을 바라보시는 분이지. 그런 믿음이 있기에 우리는 암중에서도 손과 발이 되어 머리를 섬길 수 있는 거야. 명령의 이유와 의미는 해석하지 않아."

"정말 모르오?"

"몰라."

피월려는 전혀 이해할 수 없다는 듯이 고개를 좌우로 흔들었다.

이번 일은 천마신교와 백도세가 사이에서 일어난 일이라고

하기에는 너무나 많은 암투와 필요 이상의 심계가 존재했다.

피월려가 중얼거렸다.

"천마신교 낙양지부는 이상한 곳이오."

나지오가 쓴웃음을 지으며 자리에서 일어났다.

"본 교의 지부가 괜히 낙양 한복판에 존재하는 게 아니지. 무식하게 본 교의 율법으로 검을 뽑아 들고 달려들면서 일 처리를 했다가는 오래전에 교주에게 버려졌을 것이야. 낙양지부는 낙양지부만의 방식으로 살아가는 거야."

"그런 불충스러운 말을 해도 되오?"

나지오는 어깨를 들썩였다.

"그건 본 교에서도 어느 정도 받아들여지는 사실이야. 낙양지부가 설립된 목적을 완수하면 그 이외의 일에는 아무런 제재도 명령도 내리지 않아. 이번 일이 특이한 경우지. 그런데 아까 초류아라고 했나?"

피월려는 자신의 귓불을 핥던 그 여인이 생각나 얼굴을 붉혔다. 폭신하기까지 했던 그 큰 가슴이 지그시 눌렀던 그의 등은 아직도 그 느낌을 잊지 않고 있다.

"놀라운 살수였소."

나지오는 음흉한 미소를 지었다.

"놀라운 가슴이겠지. 웬만하면 그 녀석이랑 얽히지 마. 아무리 미녀가 좋다지만 남자의 심리를 남자보다 더 잘 파악하고 이용하여 뼛속까지 빨아먹는 귀신같은 여우니까."

그 몸과 색기라면 남자를 유혹하는 특이한 무공을 익힌 것이 분명했다. 그리고 그런 여자는 무림인이 경계해야 할 자다. 괴상망측한 마공 중에는 남자의 정력을 갈취하여 내력으로 만드는 내공이 있으며, 그로 인해 수십 년간 쌓아온 내력을 모조리 빼앗긴 사람들도 부지기수이다.

"그렇소?"

나지오는 자리에서 일어나며 손가락 하나를 세워 들었다.

"같은 마인이라도 낙양지부에서 가장 먼저 피해야 할 일 순위는 바로 이(二)대원들이니까. 그들의 수장이니 말 다 했지. 쉬어."

그렇게 말한 나지오는 휑하니 문으로 향했다. 피월려는 잠시 생각하다 무언가 이상하여 크게 물었다.

"전에 이대주는 초류선이라 하지 않았소? 동생이라던……."

쿵!

나지오는 이미 방 밖으로 나간 상태였다.

나지오는 평소와 다르게 무언가 진지했다. 피월려는 그에게 무슨 일이 있나 하는 생각이 들었으나 평소 남을 걱정하는 성격이 아닌지라 금방 잊어버렸다.

* * *

이틀의 회복 시간을 거쳐 피월려는 원래의 상태로 되돌아 왔다. 강시가 아닐까 하는 의심이 들 정도로 말이 없는 시녀에게 지쳐 버린 피월려는 방 안에서 나가지도 못하고, 또 아무도 방문하지 않았기에 좀이 쑤셔 도저히 견딜 수가 없었다.

고민하기를 한 시진, 방문을 열고 조심스레 복도로 나가려는 차에, 피월려는 여인인가 의심될 정도로 아름다운 미남을 코앞에서 보게 되었다.

그와 비슷한 키에, 한 점 티조차 없는 새하얀 얼굴, 그리고 붉은 입술과 긴 속눈썹은 단 한 번 보아도 절대로 잊히지 않을 정도로 매력적이었다.

그래서 피월려는 쉽게 그 사내의 이름을 기억해 낼 수 있었다.

"주소군?"

주소군은 바라보는 여자라면 도저히 마음을 빼기지 않을 수 없는 아름다운 미소를 지었다.

"저를 기억하시는군요, 피월려."

사실 그 인상 깊었던 밤은 가끔 꿈에도 나올 정도로 피월려의 머릿속에 박혀 있었다. 그 무대에 항상 중앙을 차지하고 도도한 검술을 펼치는 주인공을 피월려가 기억 못 할 리 없었다.

"그러고 보니 천마신교의 마인이라 하지 않았소? 설마 낙양지부의 마인인 줄은 꿈에도 몰랐소."

천마신교에 따라다니는 수식어가 바로 십만교도(十萬敎徒)이다. 낙양지부에 기거하는 마인이 대략 천 명에서 천오백 정도 되니 피월려가 낙양지부에서 주소군을 만날 확률이란 지극히 낮은 것이라 할 수 있었다.

"예에, 제가 일이 있어서 한동안 지부를 벗어나 있었는데 이제야 피 형의 소식을 듣게 되어 찾아왔어요. 그런데 어디 나가시나요?"

주소군의 질문에 피월려는 머쓱하게 대답했다.

"그것이… 방 안에만 있으려니 좀이 쑤셔서 영……."

"그래요? 그럼 연무장에 가지 그러셨어요? 다들 피 형이 오기만을 손꼽아 기다리고 계세요."

"내가 오기만을 말이오?"

"예."

피월려는 고개를 갸웃했다.

"이곳에 그나마 아는 사람이라고는 나지오 선배밖에 없는데 누가 나를 찾는다는 것이오?"

주소군은 눈을 찡긋했다.

"헤에, 잘 모르시나 보네요?"

순간 피월려는 자기도 모르게 얼굴을 붉혔다. 그리고 곧 이질감을 느끼며 얼굴을 굳혔다.

"무, 무엇을 말이요?"

"피 형은 천 공자와의 일전에서 승리하셨잖아요? 당연히 다들 그 용안의 위력이 궁금하겠지요. 나도 기억하고 있어요. 검기도 내력도 없는 그 검은 정확한 일격필살이었죠. 그리고 효율적인 면에서 가장 이상적일 수밖에 없는 그 움직임은 군더더기 하나 없었고요. 정말 그 움직임만 배울 수 있다면 천 명이든 만 명이든 전혀 문제가 되지 않을 것 같았죠."

주소군은 당사자를 앞에 두고 턱을 괸 채 천장을 쳐다보며 그때의 일을 회상했다. 피월려는 그런 주소군을 보며 작은 미소를 지었다.

"나 또한 주 형의 검을 잊을 수가 없소. 주 형이 한 것처럼 세밀한 묘사는 자신 없으나 그때의 일로 천마신교의 무서움을 알게 되었소."

주소군은 손을 모으며 마치 인형을 선물받은 어린 소녀처럼 크게 기뻐했다.

"제가 본 교의 대표가 되었다니 참으로 영광이네요!"

피월려가 슬며시 물었다.

"그런데 그때 펼쳤던 그 검법은 무슨 마공이오?"

주소군이 대답했다.

"제 본 가인 암령가(暗令家)에는 귀마공(鬼魔功)이 있죠. 그냥 마공이 아니에요."

피월려는 자신의 귀를 의심했다.

"귀마공이라 하였소?"

"예."

"……."

갑자기 왜 여기서 귀(鬼)이라는 단어가 튀어나오는지 전혀 감조차 잡을 수 없는 피월려는 모르겠다는 표정을 지어 보였다. 그러자 주소군이 해맑게 웃었다.

"헤에, 언젠간 알게 되실 거예요. 그런데 혹시 나가시는 거면 저랑 같이 연무장에 안 가실래요? 저도 할 일도 없고 해서 무료한 참이었는데."

연무장에는 필시 많은 마인이 있을 것이다. 이참에 지부 사람들과 안면도 틀 겸 피월려는 그곳으로 가기로 마음먹었다.

"좋소."

함께 방문을 나선 그들은 연무장으로 향했다. 주소군이 앞장을 섰고 피월려가 그 뒤를 따라갔다. 걸어가는 것만으로도 불쾌해지는 이상한 복도를 거닐면서 주소군이 슬쩍 피월려를 흘겨보았다. 주소군이 볼 때 피월려가 창문이나 천장을 자꾸 의심하는 눈초리로 바라보는 것이 아직 진법에 대해서 잘 모르는 듯 보였다.

"혹시 이 복도의 진법에 관해서 들은 이야기가 없나요?"

한창 복도에 신경을 쓰며 걷던 피월려가 퍼뜩 정신이 들어 주소군을 돌아보았다.

"그, 그것이… 아직 아무것도 모르오. 그렇기에 어쩔 수 없이 그 방에만 있었던 것이오."

"하지만 나오려고 하지 않았나요?"

"뭐, 어쩔 수 없는 선택이었소."

주소군은 한 손으로 입을 가렸다.

"큭큭. 여기서 길을 잘못 들어서면 죽을 수도 있어요. 큰일 날 뻔했네요. 제가 시간을 맞춰서 오지 않았다면."

"그리 위험한 행동이오?"

"그럼요. 특히 피 형의 방에서 왼쪽으로 돌았다면 즉시 환각에 빠져 죽을 때까지 헤매셨을 거예요. 그 누구의 도움도 받지 못한 채 말이죠."

피월려는 무언가 이상한 생각이 들었다. 피월려가 방문을 나서려 하는 시점에 주소군은 왼쪽에서부터 왔기 때문이다.

"그러고 보니 주 형은 왼쪽에서부터 오지 않았소?"

"예."

무언가 다른 대답을 기대하던 피월려는 단답형 긍정에 잠시 할 말을 잃었다.

"그럼 환각에 빠져 죽을 때까지 헤맨다는 말은 무엇이오?"

"사실이에요."

피월려는 걸음을 멈췄다.

"어폐가 있다는 것을 굳이 설명하지 않아도 아시리라 믿소."

주소군 또한 그 자리에 멈춰 서서 빙그레 웃음 지었다.

"그곳은 사로지만 생로를 통해서 피 형의 방에 오려면 꽤 멀리 돌아가야 하죠. 그래서 그냥 뚫고 간 거예요."

피월려는 아직 진법의 사로에 빠져본 적이 없어서 그 위력을 알 수 없었다. 그러나 천마신교의 지부에서 간단한 진법을 쓸 리가 없다. 그 크기조차 가늠하기 어려운 거대한 진법이 아닌가? 그만큼 무수한 변화와 복잡한 법칙을 만들어낼 수 있다는 것이다.

피월려는 믿을 수 없다는 듯이 물었다.

"그, 그게 가능하오?"

"환각에 그리 영향을 받지 않는 정신을 가지고 자신이 가야 하고자 하는 길을 걷는 의지만 있다면 못할 것도 없죠. 사실 이 방법은 천 공자가 자주 쓰시는 방법이죠. 서 지부장님께서는 항상 생로로 다니라고 충고하시지만 명으로 내리지는 않으셨어요."

피월려와 주소군은 다시금 걷기 시작했다.

"천서휘의 배포와 자신감은 가히 감탄할 수밖에 없소."

"그의 최대 강점이자 최대 약점이죠. 들어보니 피 형이 그 점을 아주 잘 이용했다던데요?"

"운이 좋았을 뿐이오."

"천 공자는 그렇게 생각하지 않아요. 언젠가 기필코 당신을 정식으로 꺾어 보이겠다고 다짐하던데요."

피월려는 묘한 눈길로 주소군을 바라보았다.

"주 형, 천 공자와 친하오?"

"흐음. 저는 사람과 친하다는 것이 무엇인지 잊은 몸이라 대답하기 어렵네요."

"무슨 뜻이오?"

"천 공자와 만나면 그는 항상 만취할 때까지 술을 먹으며 푸념하고 저는 조용히 그의 앞에서 이야기를 경청하죠. 그냥 그런 사이예요. 대답이 되었나요?"

주소군의 말투와 억양은 전과 다를 것이 전혀 없었다. 그러나 그 말 속에 들어 있는 의미는 간담이 서늘하도록 차가웠다.

그 이유는 알 수 없었다.

"이상하게 차가운 느낌이오, 주 형은."

주소군은 한숨을 푹 쉬었다.

"귀마공을 택했으니 어쩔 수 없는 운명이에요."

"귀마공이라……. 언제 한번 보여줄 수는 없소?"

"상대를 죽이거나 제가 죽지 않으면 멈추지 않는 귀마공이라 피 형에게 직접적으로 보여줄 수는 없어요. 그러나 언젠가 같은 임무로 밖에 나가 같은 적을 상대하게 된다면 간접적으로나마 보여 드릴 수 있기를 기대해요."

높은 어조의 목소리는 마치 여인과 대화하는 것처럼 느껴졌다. 피월려는 원래의 성격대로 단도직입적으로 물었다.

"혹시 그 귀신이 여인이오?"

"왜 그렇게 생각하세요?"

"주 형의 말투나 어조가 여인의 것이라 그렇소."

주소군은 다시금 입을 가리고 웃었다.

"큭큭. 그건 그냥 제 성격이에요."

"시, 실례했소."

그 뒤부터 피월려는 짧은 대답만 하며 주소군의 뒤를 따라갔다.

*　　　　*　　　　*

주소군은 천마신교 내에 햇빛이 드는 곳은 연무장이 유일하다고 했다. 피월려가 그 말을 들었을 때는 상상하기조차 어려웠는데 백문이 불여일견이라고 직접 와보니 그 의미를 단번에 이해할 수 있었다.

복도와 문으로만 이루어진 낙양지부에 하늘이 뚫려 있는 연무장은 문이 없었다. 단지 텅 빈 직사각형의 모양으로 테두리에 오 장(丈)마다 거대한 돌기둥이 전체를 두르고 있었다. 그 돌기둥에 각각 매달려 있는 나무로 만든 각종 무기와 딱딱한 대리석으로 되어 있는 바닥을 제외하면 그냥 마당이라 해도 전혀 하자가 없는 곳이다.

복도의 한 면이 뻥 뚫려 있는 모습은 왠지 모를 시원함을 느끼게 해주었다. 그런데 대낮의 햇빛이 강하게 비치는 연무장은 이상하리만큼 휑했다.

"연무장에 연무하는 사람이 단 한 사람도 없지 않소?"

피월려가 물었으나 주소군은 듣지 못한 듯이 대답하지 않고 연무장으로 천천히 들어섰다. 천장으로부터 스며드는 바람에 하늘거리는 옷깃을 붙잡고 여기저기 돌아다니며 목검을 둘러보더니 곧 하나를 집어 들었다.

그것을 이리저리 살펴보더니 미소를 짓고 피월려를 향해 일검을 상하로 내리며 베었다.

어떠한 준비 자세도 없이 내려간 검은 육안에 보이지 않았다. 그저 공기가 터지는 듯한 파공음이 그 움직임을 대신했고, 그로부터 쏘아지는 두 개의 검기가 그 존재를 알렸다.

피월려의 몸을 중심으로 양쪽으로 갈라진 검기는 눈을 부릅뜨고 주소군의 검을 응시하는 피월려의 머리카락 몇 올을 잘랐다.

예기라고는 찾아볼 수 없는 목검으로 이리도 날카로운 검기를 날린 주소군의 무공에 피월려는 순수하게 감탄했다. 주소군 역시 날아오는 검기의 검로를 읽어 자신을 알아서 피하리라고 예상하고 미동도 하지 않는 피월려의 판단에 감탄했다.

"역시 이 검이군요. 사람들은 왜 항상 물건을 제자리에 놓지 못할까요?"

그저 미소라 생각했으나, 이상하게 지금은 미소로 느껴지지 않았다.

피월려는 걸음을 옮겨 연무장으로 들어섰다.

"비무를 청하는 방식이 독특하오."

"큭큭. 제가 좀 그래요."

피월려는 옆에 있는 목검을 하나 집어 들고 중앙 쪽으로 다가갔다. 삼 장 정도를 사이에 두고 그 둘은 대치했다.

서서 일광욕을 하는 사람처럼 온몸을 햇빛에 내맡긴 주소군은 하늘을 응시하고 있었다.

명상하는 듯한 학자처럼 초점이 흐린 몽롱한 눈빛을 지닌 피월려는 아련하게 검을 쳐다보았다.

그렇게 반각이 흘렀고, 피월려와 주소군에게서 동시에 웃음이 터져 나왔다.

"큭큭큭!"

"으하하!"

한바탕 웃음이 연무장을 쓸고 난 뒤 주소군이 말했다.

"피 형도 선공(先攻)을 선호하지 않죠?"

"그렇소."

피월려는 선공하는 적으로부터 용안을 이용해 모든 정보를 받고 그것에 맞춘 검을 시전하는 버릇이 있다.

주소군은 도도하게 서서 도전하는 적을 일 검에 사살하는 버릇이 있다.

그 둘 중 하나는 자신의 버릇을 포기해야만 서로의 검을 확인할 수 있을 것이다.

주소군은 마치 정신을 비우겠다는 듯이 머리를 흔들었다.

"피 형은 마공을 익히지 않았으니 마공을 쓰지 않겠어요."

"물론이오. 둘 중 하나가 죽어야 한다면 비무로는 어울리지 않을 것이오."

그때, 주소군의 눈이 밝게 빛났다.

"헤에, 내 말을 오해하셨군요. 전 태어나서 익힌 무공이 마공밖에 없어요."

"그 뜻은?"

"검형을 버리겠다는 뜻이에요."

피월려의 마음속에서 무언가 뜨거운 것이 끓어올랐다.

주소군의 말은 용안에 대한 명백한 도전이기 때문이다. 검형이 섞이지 않는 무형검(無形劍)은 즉흥적인 면이 강하다. 즉, 하고 싶은 대로, 이끌리는 대로 검을 놀리는 것이다. 검로를 뚜렷하게 파악하는 용안에 대항하여 무형검은 정확한 해결 방안이다.

그때, 주소군의 일검이 피월려의 목젖을 향해 날아왔다. 주소군의 말대로 피월려의 용안은 그 속에서 어떠한 형식도 찾아볼 수 없었다.

무(無)가 되어줄 테니 잡아봐라.

피월려의 이마에 작은 주름이 잡혔다.

피월려는 발목을 조금 비틀었다. 그 여파는 파동이 되어 피월려의 상체를 뒤흔들었고, 도저히 인간의 몸으로는 보여줄 수 없는 회피 동작을 통해 옆으로 피해내었다.

그때, 피월려의 용안에 환각이라 해도 좋을 그림이 그려졌다. 주소군의 목검이 갑자기 일 장이나 늘어났기 때문이다.

음하기 짝이 없는 밝은 보랏빛의 기운이 피월려의 온몸을 덮쳤다. 마치 누군가 차가운 수증기를 눈앞에서 확 뿌린 느낌이다.

전에 진설린의 호위무사들이 사용했던 검기와 같은 것이다. 그러나 주소군의 검기는 음기(陰氣)를 품고 있었기에 차갑게 느껴진 것이다.

그런 주소군의 검기가 피월려의 움직임을 따라 그대로 움직였다. 이미 검에 담긴 속력을 그대로 이어받으면서 더욱 빠른 속도로 치고 나오는 것이다.

이것은 상식을 벗어난 대응이다.

앞으로 찌른 검의 움직임은 아무리 재빨리 움직여도 피월려의 동작을 따라갈 수 없으니 검기를 만들어 따라가겠다는 말은 소나기를 피하기에는 이미 늦었으니 산을 타고 구름 위로 올라가겠다는 것과 다름없었다.

그러나 효과만큼은 확실했다. 주소군의 검기는 피월려의 속도를 훨씬 상회하며 다가오고 있었으니까.

머리가 불이 날 듯 정신력을 잡아먹은 용안은 해법을 찾았다.

소름이 돋도록 차가운 검기가 살결에 닿을 때쯤 피월려는 왼쪽 발목을 관절이 빠져나갈 정도로 꼬며 돌았고, 오른발로는 주소군의 옆구리를 공격했다.

검기를 내뿜는 일에 모든 정신을 집중하고 있었으며, 또한 그 상황에서 반격하리라고는 생각조차 하지 못한 주소군의 옆구리는 텅텅 비어 있었다. 피월려는 기이한 각도로 발을 쭉 뻗어 옆구리를 공격했다.

주소군의 얼굴에는 낭패감이 서렸으나 이상하게도 그의 옆구리에는 작은 충격만이 있을 뿐이다. 피월려의 흐트러진 자세에서는 제대로 된 위력이 나올 수 없었기 때문이다.

그 대신 피월려는 주소군의 옆구리에 댄 다리를 지렛대 삼아 몸을 뱅그르르 돌렸다. 애초에 공격을 위한 공격이 아닌 방어를 위한 공격이었다. 피월려는 주소군의 몸을 중심으로 반바퀴를 기적적으로 돌아내었다.

콰앙!

손가락 한 마디보다 짧게 빗나간 보랏빛 검기가 연무장의 기둥에 부딪치며 굉음을 내었다.

'흐읍!'

피월려는 그대로 몸을 던져 거리를 벌릴 만도 하건만 주소군이라는 만만치 않은 상대에게 단순한 지구전으로 갈 생각이 없었다.

주소군이라는 상대는 조금 불리해질 가능성이 있다 해도 어떻게든 이익을 챙겨야 할 정도로 강한 상대다.

허리가 끊어질 듯한 통증이 골을 흔들었으나 피월려는 끝까지 상체를 일으켜 의원이 침을 놓는 것처럼 목검의 끝을 세워 주소군의 척추를 향해 내질렀다.

피월려의 검이 주소군의 등에 닿을 찰나, 주소군의 옷깃이 파르르 떨렸다.

얼굴의 살결이 밀려 표정이 일그러질 정도의 속력으로 주소군의 몸이 회오리처럼 돌았고, 검기가 남기고 간 차가운 기류를 모조리 뚫어버릴 속도를 지닌 주소군의 검이 반원을 그리며 그대로 피월려의 검을 쳐내었다.

딱!

목검과 목검이 부딪치며 나무 파편이 튀었다.

피월려는 손아귀가 찢어지는 느낌을 받았으나 무인으로서 단련된 감각으로 겨우겨우 검을 놓지 않았다. 아니, 오히려 그 힘을 이용해서 몸을 굴렀다.

그때, 주소군의 검을 따라온 검기가 피월려의 머리카락 몇 가닥을 잘라내었고, 또 다른 기둥에 가서 박혔다. 그 검기는 주소군이 회전하기 전에 다시금 뿜어낸 두 번째 검기였으나 너무나도 빠른 검의 회전을 따라오지 못하고 빗겨졌다가 검로를 타고 찰나의 시간 후에 도착한 것이다.

만약 피월려가 몸을 굴리지 않고 검을 놀려 반격하려 했다면 생각지도 못한 두 번째 검기에 보기 좋게 패배했을 것이다.

검기가 벗겨질 정도로 쾌의 묘리가 극한으로 담긴 검과 그 뒤에 검로를 타고 오는 검기의 시간 차 공격은 주소군이 익힌 자설귀검공(紫雪鬼劍功)의 가장 기본적이자 치명적인 묘리이기 때문이다.

물론 지금은 제대로 된 형식 속에 녹아든 자설귀검공이 아니라 그 묘리만을 딴 무형검이었지만, 주소군은 자설검기라 부르는 이 보랏빛 검기로 적의 구 할은 목숨을 앗아갈 정도의 치명적인 상처를 주었고 나머지 일 할 또한 경상을 면하지 못했다. 그러나 단 한 명도 이토록 완벽하게 방어하지 못했다.

주소군은 총 여섯 바퀴를 굴러 겨우 착지한 피월려를 바라보며 아랫입술을 지그시 깨물었다.

작은 바람이 연무장을 쓸었다.

바닥에서 추한 모습으로 몸을 일으키는 피월려와 다르게 주소군은 처음의 그 모습과 완전히 동일한 자세를 취하고 있었다. 주소군의 주위에는 고요한 기운이 부드럽게 흐르고 있을 뿐이다. 눈을 씻고 찾아보아도 검기의 기운은 느껴지지 않았다.

피월려는 순간 자신이 느낀 검기가 환상이 아닌가 하는 착각까지 들었다.

내력이 고도로 집약된 검기는 그 강한 여파로 말미암은 흔적이 공기 중에 남아야 한다. 뜨거운 열에 의한 공기의 일그러짐이나 비상식적인 바람의 움직임같이 실질적인 흔적뿐만 아니라 시전자의 마음을 담은 감정과 무공의 특색에 따른 반투명한 색깔의 흩뿌림도 기감에 잡혀야 한다. 그러나 이상하게도 주소군의 검기는 어떠한 흔적도 없이 귀신처럼 사라지고 없었다.

그리고 그것보다 더욱 놀라운 것은 높은 집중과 많은 내력을 요구하는 검기를 그 긴박한 찰나의 순간에 두 번이나 연속적으로 출수했다는 사실이다.

단전에서 기를 뽑아 쓰는 이상 이렇게 고속으로 기를 연속적으로 뽑아내는 것은 인간의 몸을 입고 가능할 리 없다. 보통의 고수라면 정신의 집중도 집중이지만 몸에 흐르는 경맥과 기관이 갑작스러운 기의 흐름에 폭주하여 온몸이 아작 나 생명을 장담할 수 없다.

그렇기에 수많은 무림인이 검공이라는 형식을 익혀 그 속에서 각각의 혈맥을 다스리는 방법으로 기의 운용과 검의 움직임을 제어한다. 그것이 많은 시일의 연무를 통해서 완전히 익숙해져 다른 생각을 할 정신력이 남고 또한 내공이 받쳐준다면 그때야 겨우 시도하는 것이 바로 발경, 바로 검기라는 것이다.

기의 운용 묘리를 담은 검공을 펼치는 것도 아니고 마음 가는 대로 움직이는 무형검에서 검기를 연거푸 내뿜는 것은 절대로 불가능하다. 마치 잘 닦아놓은 길 위로는 고속으로 말을 타도 안전하지만, 그렇지 않은 길로는 매우 위험한 것과 비슷하다. 단, 말을 다루는 솜씨가 인간의 경지를 뛰어넘으면 시도해 볼 수는 있을 것이다.

그것과 마찬가지로 주소군은 기를 다루는 능력이 상상을 초월하기에 무형검에서 검기를 연거푸 뽑아낼 수 있었던 것이다. 마음을 먹음과 동시에 기의 움직임이 함께 이뤄지는 환상의 경지, 심즉동(心卽動)에 이른 고수만이 가능한 것이다.

피월려는 고개를 숙이고 몸을 이리저리 툭툭 털었다. 연무장의 대리석은 먼지 한 올 찾아볼 수 없을 정도로 청소되어 있어 여섯 바퀴 정도 굴렀다고 옷이 더러워질 리는 만무했다.

피월려는 뼈를 긁어버리고 싶을 정도로 파르르 떨려오는 긴장감을 감추고자 그런 것이다.

몸 안의 내력을 자유자재로 움직이는 심즉동의 고수와의 일전은 무림인이라면 죽더라도 마다하지 않을 것이다.

피월려는 목검이 바스러지도록 강하게 쥐었다.

"이 목검, 재질이 궁금하오."

주소군은 그가 대전 중 입을 열었다는 사실에 조금 놀랐으나 곧 그의 말에 대답했다.

"저도 잘 모르겠어요. 하지만 검기를 담고도 멀쩡한 걸로 유명한 녀석이죠."

피월려는 순간 머리에 스치는 생각에 피식 웃어버렸다.

"검기를 사용하는 비무에서 목검이든 진검이든 무슨 소용이 있소? 검기라면 모조리 베어버릴 텐데."

주소군은 놀란 듯 입을 가리며 눈을 크게 떴다.

"아! 피 형은 반탄지기(反彈之氣)를 펼치지 못하죠?"

"반탄지기? 그것이 무슨 상관이오?"

반탄지기란 검을 매개체로 내력을 발경하여 검기를 만들듯 자신의 육신을 매개체로 기를 뿜어내어 다른 외기로부터 육체를 보호하는 것을 뜻한다.

주소군은 목검을 들어 둔탁한 검날을 손가락으로 쓸며 설명했다.

"목검을 통한 검기는 반탄지기에 잘 흡수가 되어 예기가 급격히 떨어져요. 따라서 비무 중 불상사를 줄일 수 있고요. 하지만 피 형에게는……."

피월려는 손을 흔들었다.

"상관없소."

"헤에?"

"상관없소."

주소군은 더는 묻지 않았다. 이유는 알 수 없었으나 피월려의 눈빛에 단호한 고집이 서려 있었기 때문이다.

절대 예상조차 할 수 없는 움직임으로 자신의 검격을 피하면서 옆구리를 가격한 피월려의 공격에 대해서 주소군은 마음속으로 자신의 패배를 인정했다. 만약 피월려가 내력을 지니고 발에 실어서 공격했다면 주소군은 정신을 잃을 만한 충격을 받았을 것이다.

그리고 튕겨지는 검에 몸을 맡겨 검기를 피해내는 그 말도 안 되는 방어 동작.

그런 생각을 하자 투지가 끓어오른 주소군은 마음을 진정시키며 작게 속삭이듯 말했다.

"그런데 이제 겨우 일 초군요."

느낌으로는 일각은 지난 것 같다.

주소군의 독백에 피월려는 고개를 끄덕였다.

"그렇소."

그 찰나에 너무나 많은 것이 오갔다.

주소군은 검을 휘휘 내저으며 자세를 다잡았다.

"피 형은 정말 내력이 없나요?"

"있었다면, 그리고 주 형처럼 지고한 경지에 이르렀다면 나 또한 검기를 뽑아내어 주 형의 검을 막았을 것이오."

만약 피월려가 주소군의 검기를 막을 수 있는 대책이 있었다면 용안이 아니고서야 시도도 하지 못할 그 어이없는 회피 방법은 절대 하지 않았을 것이다. 비효율적이고 몸에 부담이 많이 가기 때문이다.

"내력이 없다면 검공도 익히지 않았겠군요?"

"검공은 모르고 검법만을 스승님께 받았소."

"이름이 무엇이죠?"

"없소."

주소군은 잠시 침묵했다.

"순수한 검……. 무형검 그 자체라고 느꼈어요."

피월려는 검공을 익히지 않고 숱한 생사혈전에서 검을 닦았다. 그러나 실전에서 익힌 검은 고수의 반열에 들기 어렵다. 사람은 경험을 쌓으면 쌓을수록 무언가 익숙해져 버리게 마련이고, 아무리 무형검에서 시작했다고 하나 결국 자주 하는 버릇들이 모여 검형이 생겨 버린다. 깨달음을 얻으면 얻을수록 단단해지는 검형은 결국 독문검법이 되어버리고, 그러면 하류는 이길 수 있을지 몰라도 일류고수가 익히는 수십 년, 혹은 수백 년 동안 검증받은 상승검법에 파훼되기 십상이다. 무공에 대해서 잘 알지도 못하는 자가 스스로 무공을 만들어 익힌 꼴밖에 되지 않는 것이다.

조진소가 피월려에게 가르친 검법은 그러한 점을 피하고자 피월려의 검에 점점 굳어지는 버릇을 제거하는 역할을 하는 것뿐이었다. 무형검 그 이름 자체가 되고자.

주소군은 눈을 살포시 감았다.

"무형검의 고수를 상대로 무형검으로 상대하는 어리석음을 내세울 수는 없죠. 마공을 펼치겠습니다. 괜찮을까요?"

나와 적 중 하나는 반드시 죽는다는 그 마공, 그것을 보는 것도 나쁘지는 않으리라.

주소군은 왼손을 아래로 곱게 가다듬고 좌우로 춤을 추듯 흔들었다. 그의 손이 멈췄을 때, 그의 눈동자가 피월려에게 고정되었다.

피월려는 호흡을 깊게 내쉬고 검을 곧게 세웠다. 그의 용안이 극한으로 발휘되었다.

눈에 보이는 것은 오로지 고요함이다.

마치 함박눈이 내려 이 세상의 모든 것을 덮어버린 하얀 설원이다. 그 거대한 백지 아래 무엇을 감추고 있는지 절대로 알 수 없는 곳, 푹푹한 공터인지 아니면 천길 아래 낭떠러지인지 최대한 느린 속도로 하나하나 조심히 살피지 않으면 죽기 십상이다.

주소군이 그러하다. 공기조차 흐르지 않는 그 고요함 속에서 무엇이 도사리고 있을지 아무도 모른다.

아무리 정신을 집중해도 아무것도 얻어낼 수 없었던 피월려는 한계 이상으로 용안을 발휘했고, 그 부작용으로 용안의 시야가 현실이 되며 시공간이 뒤틀려졌다.

그의 의식과 무의식이 뒤섞였다.

"선공하겠소."

피월려는 달리지 않았다. 그저 산책이나 하듯 느릿느릿하게 걸어 주소군의 검경(劍境)으로 들어갔다.

피월려의 용안은 주소군의 모든 근육의 움직임을 주시했다.

그리고 피월려의 옷 끝자락이 주소군의 공격 범위에 들어선 순간, 주소군의 손목이 흔들렸다.

인간이 검을 휘두를 때, 고수가 되면 고수가 될수록 온몸의 관절을 사용한다. 어깨로부터 시작하던 것이 허리로 내려가고 급기야 발목까지 내려간다. 단순히 팔로 휘두르는 것이 아니라 온몸으로 휘두르는 것이다.

그것의 절정은 신검합일(身劍合一)이라 칭한다. 신검합일의 고수가 내지르는 검에는 모든 관절과 근육의 힘이 집약되어 있으며, 거기에 내력이 합쳐질 경우 상상을 초월하는 힘을 지니게 된다.

그런데 주소군의 검은 손목부터 시작한다.

처음으로 검을 잡은 어린아이에게 휘두르라고 시키면 백이면 구십, 손목을 쓰려 한다. 검을 억지로 다스리려 하기 때문이다. 그런데 마치 주소군의 검이 그러하다.

다른 점이 있다면 손목에서부터 시작한 움직임이 몸 전체로 퍼져 나가는 것이다. 통상적인 방법과는 정반대의 움직임이었다.

물론 의도적으로 손목부터 움직일 수는 있다. 그러나 그렇게 하면 단전에서부터 올라오는 기의 운용이 엉망이 되어버린다. 동작 속에 의지가 담겨 기를 제대로 조정할 수 없다. 기는 내외(內外)로 흐르는데 동(動)은 외내(外內)로 흐를 수 없는 법이다.

하지만 주소군은 해낸다.

동작을 외에서 내로 끌어들이면서 기는 내에서 외로 이끈다.

검기가 한 박자 느린 이유가 바로 이것인가? 아니다. 검기가 느린 것이 아니라 검이 지나치게 빠르다. 어찌 부동검(不動劍)이 이토록 한순간에 빠르게 가속될 수 있는가? 시간을 억지로 늘렸다고 해도 이 정도는 아닐 것이다.

주소군의 검은 용안으로 느낀다 하여 피할 수 있는 속도가 아니다.

심즉동이라…….

인간의 경지가 아니다.

피월려는 언젠가 이런 검을 느낀 적이 있었다.

천서휘 그와의 일전에서 이런 느낌을 받았다. 피월려는 이제야 나지오가 천서휘의 검을 신속이라 표현한 이유를 알 것 같았다.

알아도 피할 수 없는 속도, 신속이라 칭함이 맞다.

그러나 분명히 천서휘와 주소군의 검에는 차이가 있다. 천서휘의 검이 분노의 감정으로 모든 생각이 읽기 쉬웠던 미숙의 신속이라면 주소군은 그 의도조차 파악하기 어려운 완숙의 신속이다.

하지만 신속은 신속, 그 해법도 같을 것이다.

천서휘와 대전에서는 살을 주고 뼈를 취했다.

이번에는 뼈를 주고 혼을 취해야 한다.

하지만 곧 절망감이 피월려를 휩쓸었다.

주소군의 전신은 완벽히 보호되고 있어 어떠한 검로로도 침투할 수 없었기 때문이다. 그는 지금 이 순간에도 피월려가 얼마든지 역공할 수 있다고 생각하고 조금의 경계심도 늦추지 않고 있다.

옆구리를 내주었던 아까의 일격이 그의 정신을 일깨운 것이 분명했다.

도저히 해법이 안 보였다. 다른 무림인이라면 피할 수 없을 정도로 빠른 검은 막아버리면 된다고 말할 것이다. 막는 것이 피하는 것보다 통상적으로 세 배는 빠르기 때문이다.

하지만 피월려에게는 내력이 존재하지 않는다. 살아남으려고 검을 들었고, 남의 피를 마시며 생을 연명해 온 흑도의 인생길에서 검공 자체를 익힐 기회도 시간도 없었다. 스승은 내공조차 가르치지 않았다.

내력을 담지 못한 검으로 내력을 담은 검을 막는 것은 불가능하다. 속이 꽉 찬 것을 어찌 속이 빈 것으로 막을 수 있겠는가. 같은 강도의 검이라 할지라도 내력이 없는 검이 산산이 조각나며 부서지게 마련이다.

내력이 없다는 단점을 오로지 용안으로 메워왔다. 막을 수 없는 검은 모조리 피해왔고, 내력 없이 뚫을 수 없는 몸은 사혈을 노렸다.

그러나 여기서 피월려는 자신의 한계점을 느꼈다. 빠른 속도일수록 피하기보다는 막기를 택해야 하는 기본적인 상식이 피월려를 옭아매었다.

피월려는 눈을 질끈 감았다.

주소군의 목검이 피월려의 목을 부러뜨려 버렸고, 그 뒤로 보랏빛의 검기가 다시금 그의 머리를 두 동강 내었다. 피월려의 몸은 그대로 땅에 떨어졌다.

제사장(第四章)

세상이 깨어지고, 피월려의 정신이 현실로 돌아왔다.

아까의 정적 상태.

그대로다.

'뭐, 뭐가 어떻게 된 거지? 설마… 심투(心鬪)?'

심투(心鬪)는 자신의 머릿속에서 펼쳐지는 가상의 싸움이다. 도저히 찾을 수 없는 약점을 조금이라도 엿보려고 머릿속에 잠재된 모든 심력(心力)까지 동원하다 보면 정신은 그 속에 빠져 버린다. 극한의 자기최면에 이르고, 곧 가상에서의 싸움이 현실로 나타나는 것이다.

예를 들어, 심투에서 받은 상처는 겉으로는 멀쩡하나 통증이 느껴지는 정신적인 영향이 나타난다. 그뿐 아니라 심투에서 상대를 압도할 경우 현실에서 그대로 이루어지는 것 또한 흔하다.

심투에서의 패배는 곧 정신적인 죽음이다.

심투에서의 죽음은 곧 심마(心魔)다.

"하악! 하악!"

피월려는 도저히 검을 잡고 있을 수 없었다. 땀이 비 오듯 하는 그의 손에서 목검이 비스듬히 미끄러지며 연무장에 곤두박질쳤다.

"죽음을 보았나요, 피 형?"

주소군은 자신의 검을 서서히 아래로 내렸다. 그의 눈동자는 차갑게 불타고 있었다. 무슨 감정인지는 알 수 없었다.

털썩!

피월려는 무릎을 꿇고 숨을 격하게 들이마셨다. 공기가 너무나 무거운 것처럼 한 손으로는 가슴을 부여잡고 다른 한 손으로는 목을 조이며 신음했다. 갈라진 머리카락에서 식은땀이 똑똑 떨어져 연무장 바닥으로 스며들었다.

한동안 정신을 차리지 못하는 피월려를 바라보며 주소군은 작게 실소했다. 그리고 낮고 차가운 목소리로 말했다.

"하핫, 전 반각 동안 말없이 피 형의 검을 기다리고 있었는데……."

피월려의 몸이 크게 진동했다. 그는 바닥에 몸을 낮추고 웅크린 자세로 부들부들 떨며 괴기한 소리를 내었다.

그 모습을 빤히 보며 주소군이 중얼거렸다.

"그런데 피 형은 이미 마음속에서 나와 결전을 치르고 계셨군요."

피월려의 눈동자가 위로 넘어갔고, 그의 입에서는 침이 질질 흘렀다.

주소군은 자신의 목검을 버리고 피월려에게 서서히 다가왔다. 간질 환자처럼 몸을 부르르 떠는 피월려를 우악한 손길로 세우더니 억지로 가부좌를 만들었다.

그 뒤 주소군은 피월려의 등을 강타하듯 내려치며 혈로를 자극했다.

파파팟!

피월려의 숨결이 점차 잦아들었고, 곧 그의 표정은 낮잠을 자는 어린아이같이 평온하게 변했다.

그 모습을 보는 주소군의 눈빛에 호기심이 엿보였다.

마공을 익히는 천마신교의 무인에게 있어 무림인이라면 절대적으로 꺼리는 주화입마나 심마는 머나먼 별나라 이야기와 같았기 때문이다. 천 년이 넘는 세월 동안 연구되어 오며 다져진 천마신교의 마공은 마를 완전하게 지배하는 능력을 지니기에 마(魔)가 들어가는 어떠한 것에도 면역되게 마련이다. 독으로 유명한 사천당문의 주 전력인 독인(毒人)이 독에 완전한 면역성을 지닌 것처럼 말이다.

하지만 산악인은 산에서 죽는다.

마인이 어느 순간 방심하게 되면 마에 대한 지배권을 잃어버리고 마에 도리어 지배돼 버린다. 지독한 광기에 시달리며 죽을 때까지 미쳐 있는 것이다. 마인들은 이를 마성에 젖는다고 표현한다.

주소군은 피월려의 모습에서 자신의 미래를 투영했다.

그의 입가에는 여전히 작은 미소가 걸려 있었다.

두 식경이 흐르고 피월려는 서서히 눈을 떴다.

"감사하오."

주소군은 살포시 눈웃음을 지었다.

"심투에서는 제가 이겼나요?"

피월려는 고개를 끄덕였다.

"나는 주 형의 검에 베어 환사(幻死)했소."

"제가 어떻게 피 형을 죽였나요?"

"단칼에. 검과 검기로."

"제 마공을 경험하셨나요?"

"경험했소."

"……."

주소군의 미소가 사라질 듯 머뭇거렸다. 그 순간을 놓치지 않은 피월려가 도리어 미소를 지었다.

"주 형의 심투에서는 누가 이겼소?"

주소군의 눈동자가 잠시 흔들리더니 곧 그는 한숨을 내쉬었다.

"심투는 선택된 자에게만 임하는 법이죠. 전 반각 동안 피 형의 검을 기다렸을 뿐이에요."

피월려는 조용히 옷가지를 가다듬었다.

"한쪽이 심투에 들어섰는데 다른 쪽이 심투에 임하지 않을 리가 없소."

"하지만 나에게는 아무런 일도 일어나지 않았어요."

"반각 동안 나와 대치했다고 했소?"

"네."

"그것이 바로 심투요."

"예?"

피월려는 주소군의 눈동자를 주시했다.

"주 형이 임한 심투에서 우리 둘은 서로 공격할 수 없었던 것이오."

"그, 그런……."

"나는 환사로 인해서 깨닫는 것이 있었으니 주 형 또한 심투에서 무언가 얻을 수 있을 것이오."

그렇게 말한 피월려는 대뜸 눈을 감아버렸다.

주소군은 본능적으로 피월려가 이번 심투를 통해 하나라도 더 얻으려고 급히 정신 집중에 들어선 것이라 생각했다.

피월려는 아마 많은 것을 깨달을 것이다.

죽음을 깨달을 수도 있고,

검기를 깨달을 수도 있고,

무형검을 깨달을 수도 있고,

자설귀검공을 깨달을 수도 있고…….

주소군은 끓어오르는 살심을 다스리고자 눈을 질끈 감았다. 마인들은 가끔 마기가 치밀 때면 마음을 다스리려고 눈을 감고 심호흡을 하는 것이 다반사이다.

그리고 눈을 감은 김에 가부좌까지 틀었다.

"오랜만이네."

그렇게 투덜거린 주소군은 정신을 외부와 단절시켰다.

그날 천마신교 낙양지부에는 두 무인이 공개적인 연무장 정중앙에서 가부좌를 틀고 명상에 잠긴 인상 깊은 사건이 연출되었다.

*　　　*　　　*

달콤한 깨달음의 여운이 정신에 남아 은은하게 몸을 감싸 안았다. 피월려는 서서히 눈을 뜨며 밖의 세계에 대한 감각을 일깨웠다. 피월려는 자신의 용안이 조금 달라진 것을 느낄 수 있었다.

'이 느낌은… 직시(直示)의 끝자락인가?'

그때, 피월려는 팔짱을 끼고 자신을 바라보는 남자와 눈이 맞춰졌다. 주소군의 모습을 볼 줄 알았던 피월려는 적지 않게 놀랐는데, 연무장에는 자신과 그 남자 이외에는 아무도 없었던 것이다.

그 남자는 쭈그린 자세로 피월려를 빤히 바라보며 말했다.

"피월려이오?"

사십 대 초반 정도로 보이는 그 남자는 걸걸한 목소리를 가지고 있었는데 발음이 조금 어눌했다.

"맞소."

"반갑소. 나는 천마신교 낙양지부에서 제일대를 맡은 사람이오."

평범한 인상과 기운을 지닌 그 남자가 천마신교 낙양지부의 일대주라는 사실을 믿을 수 없었던 피월려는 크게 되물었다.

"그렇습니까?"

"이젠 그대의 직속상관이 될 것이기도 하오만."

"직속상관?"

그 남자가 다리를 펴면서 일어섰다. 양 무릎에서 우두둑 하는 뼈 소리가 들렸다. 아마 오랜 시간 동안 쭈그리고 앉아 있었던 것 같다.

"대천마신교 낙양지부에서 본 교의 특징인 소수 정예를 몸소 실천하는 제일대에 입대하려면 두 명의 일대원에게 인정받아야 하오."

뜬금없는 말에 피월려는 단도직입적으로 물었다.

"말의 저의가 무엇입니까?"

"내가 서린지와 주소군의 의견을 수용하겠다는 뜻이외다."

그 남자는 피월려에게 일어나라고 손짓했다. 피월려는 얼떨결에 일어섰고, 그 남자는 품속에서 말라비틀어진 육포를 꺼냈다.

"일단 끼니는 이걸로 해결하시오. 그리고 먹으면서 따라오시오. 설명은 가면서 하겠소."

그 남자는 육포를 툭 던지고는 몸을 돌렸고, 피월려는 그 육포를 공중에서 잡았다. 입안에 침이 고이자 배 속에 든 것이 하나도 없다는 것을 느낀 피월려는 그 남자가 준 육포를 입에 물곤 따라 나섰다.

연무장을 나가자 창문에서 작게 쏟아지는 약한 불빛으로 겨우겨우 시야를 확보할 수 있는 복도가 나왔다.

뚜벅뚜벅. 발소리가 확실한 그 남자가 뒤도 돌아보지 않고 물었다.

"보아하니 검기도 못 쓴다고 하던데 혹시 내공을 익히지 않았소?"

"예."

"그럼 무슨 외공을 익혔소?"

"신공(身功)을 익혔으되 기공(氣功)이 포함되지 않는 신공입니다. 뭐, 그냥 기본적인 육체 단련이라 생각하면 됩니다."

"하, 기공이 없는 신공이라……. 특이하군. 체술에서 멈춘 것인가. 신공이니까 몸만 단련시키는 게 맞군. 후후후."

"……."

무엇이 웃겨서 웃는지 알 수 없던 피월려는 조용히 침묵했다.

다 먹어버린 육포 때문인지 배 속이 마구 요동치며 더욱 음식을 원했다.

남자가 말을 이었다.

"그럼 내공으로 마공(魔功)을 익히는 데 문제가 없겠소?"

"다른 내공을 익히지 않았으니 별로 상관은 없을 것 같습니다."

"그럼 음양합일(陰陽合一)의 묘를 둔 마공은 어떻소?"

피월려의 걸음이 우뚝 멈춰졌다.

음양합일은 바로 남성과 여성이 교합하는 것을 기(氣)의 관점에서 이야기하는 것으로 양의 남성과 음의 여성이 교합할 때에 생기는 음과 양의 조화를 일컫는다.

음양합일 중에는 음양의 속성이 전혀 충돌하지 않으면서 완전한 조화를 이루는 교합 시에는 두 사람이 세상에서 가장 이상적인 기의 흐름으로 연결된다. 무림에는 이러한 남녀 간의 완전한 기혈의 조화를 이용하여 내력을 쌓는 내공도 수두룩하다. 그러나 지금에 와서는 서로에게 완전히 무방비 상태가 되는 약점을 이용하여 상대방의 내력을 빼앗는 악랄한 사공(邪功)으로 대부분 변질하여 흑도에서조차 경계 대상이 되고 있었다.

흑도인인 피월려도 그런 생각을 하고 있었기에 음양합일의 묘를 담은 마공에 불쾌감을 가졌다.

"방금 음양합일이라 하셨습니까?"

그 남자는 뒤를 돌아 피월려를 바라보았다. 그의 표정에는 값비싼 보석의 원석을 발견한 것 같은 놀라움과 기대감이 서려 있었다.

"심공을 익혀 자아의 정신력은 강력하나 몸 안에 내력이 없어 어떠한 내공도 거부하는 힘이 없는 완벽한 체질, 그리고 그때에 동시에 출현하는 태음강시(太陰殭屍). 서화능의 머릿속이 이제야 맑게 보이는 것 같아 기분이 좋군."

미미한 미소가 지어지는 것을 보고 피월려는 또다시 의아하게 생각했다.

"무슨 말을 하는 것입니까? 음양합일의 마공은 또 무엇이고요?"

"독백이니 신경 쓰지 않아도 되오."

이해할 수 없는 그 남자의 말은 그냥 무시하기로 했다. 그 대신 조금 생산적인 질문을 던졌다.

"내 직속상관이라 하니 묻는 것인데, 성함이 어떻게 되십니까?"

남자는 얼굴을 찌푸렸다.

"내가 그것도 말하지 않았소? 내 이름은 박소을이오."

"박소을?"

그 의미조차 파악할 수 없는 특이한 성과 특이한 이름이다.

"내가 생각해도 조금 이상한 이름이오."

"……."

"한시가 바쁘니 이만 걷는 것이 좋겠소."

피월려와 박소을은 걸음을 옮기기 시작했다. 문득 피월려는 자기가 어디를 가고 있는지도 모른다는 생각이 들어 질문하지 않을 수 없었다.

"그런데 어디를 그리 바쁘게 가는 것입니까?"

"그대가 벌여놓은 일 때문에 그렇소. 어쩌자고 하오문과 척을 지게 된 것이오?"

하오문은 음지에서 발현한 문파로서 창녀나 백정같이 가장 천시받는 사람들이 모여 만든 문파이다. 흑도문파 중에서도 그 위치가 매우 낮은 그들은 무공은 보잘것없으나 정보력만큼은 매우 뛰어나 음지의 개방이라는 말까지 있을 정도다.

무림에서 살다 보면 정보의 힘이 무공의 힘을 뛰어넘기 일쑤다. 흑도인을 포함해서 모든 무림인은 그들과 얽히는 것은 일단 피하고 본다.

많은 무림인과 마찬가지로 피월려는 지금까지 하오문과 척을 질 만한 일을 자제해 왔다. 피월려는 박소을이 이토록 확신하는 이유를 알 수 없었다.

피월려가 고개를 저으며 변명했다.

"나는 하오문과 어떠한 일도 없었습니다만."

"하오문 낙양지부주는 지부의 원로 중 한 명이 그대에게 살해당했다고 주장하고 있소."

사람은 느낌이라는 것이 있다. 갑작스레 번개처럼 스쳐 가는 잔상이 피월려의 머리를 까맣게 태웠다.

"설마……."

피월려의 허탈한 표정을 보며 박소을의 두 눈초리가 내려갔다.

"기억나는 게 있소?"

"며칠 전 북문에서 정보를 캐고자 한 노인을 죽인 적이 있습니다."

"하오문 낙양지부주가 말하는 원로가 북문에서 죽었다고 하니……. 호위하던 자들이 네 명이 맞소?"

"그렇습니다. 그러나 그들의 실력은 그리 뛰어나지 않았는데, 하오문의 원로가 그런 형편없는 자들을 대동하고 다니겠습니까?"

"하오문 본문의 원로가 아니라 낙양지부의 원로이니 그 차이는 클 수밖에. 죽은 사람의 숫자까지 맞으니 확실한 것 같소."

확답을 들은 피월려의 눈빛이 크게 변했다. 마치 굉장히 귀찮은 일이 생겨 버렸다는 듯한 짜증이 표정을 통해 나온 것이다.

박소을은 그런 그의 표정을 보고 웃음 짓지 않을 수 없었다.

"하하하, 참 보기 좋은 표정이오."

영문을 모르는 피월려가 물었다.

"무슨 뜻입니까?"

"서화능의 눈은 역시 믿을 만하군."

박소을이 하는 말의 절반은 도저히 알아들을 수가 없다.

"……."

박소을은 뭐가 좋은지 계속해서 웃으며 앞장섰고, 피월려는 역시 마인 중에는 특이한 사람이 많다고 다시금 생각했다.

*　　　*　　　*

천마신교 낙양지부의 대전은 심각한 수준으로 초라했다. 연무장과 비슷한 넓은 크기를 제외하면 피월려가 하루 동안 지냈던 방보다 격이 떨어졌다. 그나마 사람 둘이 지나갈 수 있는 큰 문이 열두 개나 있는 것이 겨우 대전 같아 보일 뿐이다.

피월려는 박소을을 따라 중앙의 문으로 들어갔다.

처음 눈에 띈 서화능은 재질이 나무인지 돌인지도 알 수 없는 의자에 앉아 있었다. 그리고 그를 중심으로 스무 명 정도 되는 마인이 양쪽에 시립해 있었다. 나지오나 서린지, 그리고 주소군 등 한 번쯤 보았던 얼굴은 모두 그 자리에 있었다.

그리고 그 가운데 다섯 명의 노인이 서 있었는데 아무리 보아도 마인은 아닌 것 같았다. 모두 평범한 노인들로 보였지만, 피월려는 그들 중 중앙에 있는 노인이 하오문 낙양지부주이며 나머지 네 명의 노인이 원로라는 것을 쉽게 눈치챌 수 있었다.

박소을은 피월려를 놔두고 서화능의 바로 옆으로 걸어나갔고, 피월려는 얼떨결에 모든 이의 시선을 받았다.

"늦었군. 박 장로가 나서서 찾을 정도면 말이야. 도대체 어디 있었나?"

서화능이 피월려가 지금까지 연무장에 있었다는 사실을 모를 리 없다. 피월려는 슬쩍 주소군을 바라보았는데 그는 그때와 마찬가지로 알 수 없는 미소를 살포시 짓고 있다.

마인의 기본적인 소양은 눈치가 빨라야 한다는 것이 확실했다. 이런 적이 한두 번이 아니기 때문이다.

피월려는 오랜만에 하는 부복을 기억하느라 애써야 했다.

"죄송합니다."

그렇게 피월려가 말을 지어내려고 할 때 박소을이 끼어들었다.

"지부장께서는 잘 알지 못하는 일이겠으나 피월려는 갓 입교하여 마공을 익히는 폐관수련 중이었소."

"폐관수련?"

"그렇소."

"그런데 데려왔다는 것이오?"

"하오문의 원로가 죽고 마교가 의심받는 심각한 사태인데, 어찌 마졸 따위가 개인적인 일로 부르심을 거역하겠소?"

서화능은 크게 고개를 끄덕이며 피월려에게 말했다.

"과연 천마신교의 마인이군. 그런데 마공은 어디까지 익혔는가?"

피월려는 속에서부터 간질거리는 긴장감을 가까스로 참으며 입술에 침을 발랐다.

"아직 미천하여 마의 한 획조차 이해하지 못했습니다."

"얼마나 폐관수련을 하였기에 진전이 없는가?"

며칠이 좋을 것인가? 피월려는 그리 긴 생각을 할 수 없었기에 그저 적당하게 한 달로 잡았다.

"한 달 정도 지났습니다."

"쯧쯧……."

서화능은 혀를 차며 책망하는 눈빛으로 피월려를 바라보았다.

지금 이 순간 가장 가관인 표정을 한 사람은 굳은 얼굴로 고개를 숙이고 있는 피월려도 아니고, 고개를 흔들며 잔뜩 찌푸린 서화능도 아니며, 무표정으로 일관하는 소오진도 아니고, 살포시 미소를 짓고 있는 주소군도 아니며, 웃음을 참으려고 자신의 혀를 지그시 깨물고 있는 나지오도 아니고, 미묘한 눈길로 피월려를 바라보는 서린지도 아니며, 아예 눈을 감아버린 천서휘도 아니고, 주름이 잔뜩 진 미내로도 아니며, 붕대로 온몸을 감은 초류선도 아니었다.

심장박동이 눈으로 보일 정도로 혈관이 튀어나와 있으며

온 눈동자가 충혈되어 누가 보아도 폭발하기 일보 직전이라는 것을 알 수 있는 하오문 원로들이었다.

하지만 서화능은 그것조차 눈에 보이지 않는 듯 태연하게 말했다.

"지부주, 그대의 원로가 살해당한 것이 언제라고 했소?"

"삼사 일 전이외다."

"그렇다면 이 세상에 두 명의 피월려가 있지 않는 이상 피월려가 아니라는 것은 명백하군."

하오문 낙양지부주의 눈썹이 파르르 떨렸으나 신경 쓰는 사람은 아무도 없었다. 그는 분노 때문에 하지 말아야 할 말을 기어코 하고 말았다.

"그렇다면 황룡무가의 일에 중심에 있던 피월려는 누구이오? 한 달 전부터 폐관수련을 했다면 어찌 그가 이틀 전에 황룡무가에서 나올 수 있었던 것이오?"

대전에 정적이 흘렀다.

하오문 낙양지부주는 해서는 안 되는 말을 했다. 이 세상에는 알면서 모르는 척, 보고도 못 본 척해야 하는 것이 있기 때문이다.

서화능은 고요한 가운데 음산한 목소리를 울렸다.

"감히 하오문 따위가 천마신교의 마인을 감시한다는 말은 금시초문이오만."

하오문 낙양지부주와 원로들은 피가 나도록 주먹을 쥐었다. 그러나 하오문 낙양지부주의 표정은 서서히 굳어 냉정하게 변했다. 뒤 세계의 끊임없는 암투가 생활로 바뀌어 버린 하오문 낙양지부주는 이런 상황에서도 평정심을 유지할 수 있었기 때문이다.

"감시한 것이 아니오. 원로의 행방을 찾다 우연히 천마신교의 마인들이 황룡무가에서 나온 것을 한 문도가 본 것뿐이오."

서화능의 표정이 인자하게 변했으나, 소름이 돋는 살벌한 목소리가 흘러나왔다.

"그런가? 그렇다면 본좌는 감히 천마신교와 하오문의 사이를 이간질하려는 첩자들이 하오문도로 가장하고 있다고 생각하오. 이른 시일 안에 첩자들을 가려 재정비를 권하는 바이오. 그렇지 못할 경우 천마신교 낙양지부가 직접 하리외다. 아시다시피 하오문에서 제공한 낙화루에서 오는 수입은 우리도 그리 그리 나쁘지 않게 생각하니 그런 일은 없길 바라겠소만."

낙양에서 하오문의 씨를 말리겠다는 협박이다. 하오문 낙양지부주는 마른침을 삼키지 않을 수 없었다.

살기도 마기도 없다. 그러나 하오문 낙양지부주는 흑무수를 잘 안다. 마교에서 서화능을 보내 낙양지부를 건설할 당시, 낙양에서 소리도 없이 바다로 흘러들어 간 피의 강이 얼마나 넓고 깊었는지를.

하오문 낙양지부주는 고개를 슬쩍 뒤로 돌려 피월려를 보았다. 아무리 천마신교 낙양지부라 하지만 낙양 전체의 하오문도를 말살하는 것은 매우 힘든 일이 될 것이다. 그런데 그런 일을 감수하고도 지켜야 하는 자가 바로 저 피월려라는 사내이다.

저 사내가 과연 누구인가? 누구이기에 서화능의 총애를 받는 것인가?

단 한 올의 정보도 제대로 된 것이 없다. 중원에 몇 없는 낙양이라는 대도시의 하오문 지부가 낙양에서 일어나는 큰 흐름을 보지 못하고 있다.

이건 문제가 심각하다.

하오문 낙양지부주는 피월려에게서 눈을 떼었다. 힘의 절대적인 차이가 있는 지금은 한 발짝 물러날 때이다. 피월려에게 해를 가하는 것은 전면전이다.

그러나 그렇다 할지라도 하오문 지부의 원로가 죽었다. 이대로 아무 일도 일어나지 않는다면 낙양지부뿐 아니라 하오문 자체의 기반이 흔들릴 수도 있다. 그리고 그것은 서화능도 원하는 일은 아니라고 낙화루의 수입을 언급하며 암시했다.

먼저 숙이고 들어가는 것이 답이다.

하오문 낙양지부주는 속에서 끓는 울분을 진정시키며 부복했다.

"설마 그 제자가 첩자일 가능성이 있었다니……. 과연 지부장의 지혜에 감탄하였소. 거짓을 고한 첩자는 엄히 문책하고 지부를 다시 새롭게 돌보아야겠소. 감히 천마신교를 의심한 것을 사죄하겠소."

네 명의 원로는 눈을 크게 뜨고 낙양지부주를 바라보았다. 힘없이 숙이는 그의 등은 그 혼자만의 약함이 아니다. 하오문 전체의 약함이고 따라서 그들도 지어야 한다.

네 명의 원로도 곧 고개를 숙이고 부복했다.

"사죄하오."

"사죄하오."

"사죄하오."

"사죄하오."

서화능은 멋쩍게 웃었다.

"하하하, 하오문 낙양지부주와 원로들이 그리 말하니 내 마음이 풀리오. 그리고 첩자를 가리는 것을 돕고자 마조대를 내어드리리다. 많은 도움이 될 것이오."

설마 마조대를 제시할 줄 몰랐던 하오문 낙양지부주는 작은 신음을 터뜨렸다. 원로를 잃었으나 천마신교의 정보대인 마조대를 얻는다면 그리 손해 보는 장사는 아니다. 지금껏 무력이 부족하여 알아내지 못해 미뤄놓은 특급 사항들이 많기 때문이다.

문제는 그들이 얼마나 자신의 명령을 따라주는가이다.

하오문 낙양지부주의 입꼬리가 슬며시 올라갔다.

자기보다 수 배, 수십 배나 강한 인물들을 다루고 이 자리까지 올라온 그다. 비록 서화능의 천부적인 지력 때문에 지금은 조용하지만 그를 제외한 마조대라면 얼마든지 뜻대로 움직일 수 있다.

하오문은 흑도다. 원로의 목숨도 득실과 이해관계에 희생될 수 있는 법이다.

하지만 그래도 역시 처참한 기분이 드는 것은 어쩔 수 없었다.

"천마신교에 감사드리오."

그렇게 말한 하오문 낙양지부주는 그대로 몸을 돌렸고 눈길조차 주지 않고 원로들과 밖으로 나갔다. 나지오는 재빨리 그들보다 앞장서서 복도로 나갔고, 그들을 안내했다.

대전의 중앙에는 부복하고 있는 피월려뿐이다.

반각 동안 침묵을 고수하던 서화능이 드디어 입을 열었다.

"하오문도 꽤 컸군."

황룡무가에서 피월려를 데리고 나온 일행은 나지오, 천서휘, 그리고 서화능 본인이다. 단 세 명이 전 황룡무가와 전면전을 감수할 정도로 과감히 들어선 것은 바로 보안을 위해서였다. 그런데 그들의 행적이 하오문에게 노출되었다.

천서휘가 한 발짝 앞으로 나가서 포권을 취했다.

“송구하옵니다.”

만약 나지오도 이 자리에 있었다면 똑같은 행동을 했을 것이다.

그러나 이 일은 같이 행동했던 서화능에게도 책임이 있었다.

서화능은 손을 훅 하고 저었다.

“됐다. 일단 이 일은 나중에 따로 생각하지. 어쨌거나 어제 주소군이 도착함으로써 본부에서 교주의 특명을 무사히 완수한 낙양지부의 공을 높이 사 조만간 상을 내릴 것이다.”

서화능의 말이 떨어지기가 무섭게 대전의 기류가 술렁였다. 마인들은 말이 아닌 기로써 그들의 감정을 표출했기 때문이다.

천마신교 낙양지부는 서화능이 머리가 되어 돌아가고 각 대주와 대원들은 손과 발이 된다. 지금 이 순간에는 자신들이 지금껏 교주의 특명을 수행했다는 사실도 모르는 이들이 대다수였다.

피월려도 나지오에게 들었기에 교주의 특명이 구룡의 숫자를 줄이라는 것이었다는 것만 알고 있지 정확히 누구를 그리고 몇 명을 죽였는지는 서화능만 알 뿐이다.

피월려 자신도 금룡 진설혼을 죽이기 위한 도구로 쓰였지 않는가? 분명히 대전의 인물들도 자기도 모르는 사이에 구룡을 죽이는 데 일조한 것이 분명했다.

서화능이 말을 이었다.

"너희에게 무슨 상을 내릴지는 나도 의문이지만 기대해도 좋을 것이다. 그리고 본론으로 돌아가서 대전에 있는 모든 마인들은 들으라."

주권자가 명령을 내릴 때는 큰 목소리로 외치는 것이 보편적이나 서화능은 보통의 목소리로 말을 맺었다. 그러나 모든 마인은 고함치는 장수의 연설을 들은 병사들만큼이나 큰 목소리로 즉시 화답했다.

"존명!"

"중앙에 무릎을 꿇은 사내가 바로 피월려다. 얼굴을 기억하도록."

다시금 모두 대답했다.

"존명."

서화능은 그것을 끝으로 피월려의 소개를 마쳤다. 천마신교에 새롭게 입대한 무인의 소개치고는 매우 간단했다.

서화능은 자리에서 일어나 큰 소리로 외쳤다.

"피월려, 네게 마지막으로 묻겠다! 존명으로 답하라!"

서화능의 어투는 완전한 하대였고, 그 의미는 피월려를 천마신교의 마인으로 생각한다는 의미다. 하지만 피월려는 스승의 원수로 생각하는 자에게 존대어를 사용해야 한다는 것에 가슴에서 무언가 울컥하는 듯했다.

그러나 힘에 고개를 숙였으니 이제 와서 자존심이 무슨 상관이랴.

피월려는 포권을 취했다.

"존명."

"천마신교의 절대적 법칙은 강자지존(强者至尊) 상명하복(上命下服)이다. 명 뒤에는 오로지 존명만이 있을 뿐이고, 존명할 수 없다면 무공을 쌓아 보다 위에 올라서야 한다. 이 피의 철칙을 지키는 것이 천마신교의 마인이 가지는 절대적 법이다. 그럼에도 마인으로 거듭나겠는가?"

"존명."

"좋다, 그럼 피월려의 소속을 정하겠다."

그때, 박소을이 한 발 앞으로 나서며 마인들의 시선을 모았다.

"제일대에서 데려가겠소."

대전의 기류가 작지만 확실하게 흔들렸다.

서화능은 기이한 눈빛으로 박소을을 바라보았다.

"제일대에서 그를 받아들이겠다는 것이오?"

"그렇소."

"박 장로께서 피월려에게 관심이 있는 줄은 몰랐소만."

"오는 길에 생겼소. 이미 조건도 충족한 상태이오."

천마신교 마인에게 마교 내에서 가장 특이한 집단을 꼽으라면 모든 마인이 하나같이 입을 모아 천마신교 낙양지부를 뽑을 것이다. 그중에서도 꼽으라면 단연 제일대다.

그 위치가 가장 흐릿하며 진면목을 아무도 본 적이 없는 박소을 장로 아래 천마신교 마인이라면 절대적으로 기억할 수밖에 없는 유명인사나 골칫덩이들이 모여 그 누구도 해낼 수 없는 불가능한 임무를 해낸다.

그러나 그 최고의 부대라고 생각해도 무방한 천마신교 낙양지부의 제일대에 입대하는 것은 두려움을 모르는 천마신교의 마인들도 매우 꺼리는 일이다. 그 이유는 바로 지금껏 초기 대원들을 제외한 모든 일대원 중 구 할은 일 년을 넘기지 못하고 생을 마감했기 때문이다.

즉, 제일대에 들어가는 것은 자살행위이다.

태생마교인도 아니고, 마공도 배우지 않았으며, 진정한 마인으로 거듭나지도 못했고, 마인의 생리도 모르는 피월려가 천마신교 낙양지부에서 입대할 수 있는 곳이라고는 사실상 제일대밖에 없었다.

태생마교인이 아닌 박소을 장로의 아래에 있기 때문에 다른 부대보다 마교의 법칙에 대해서 융통성이 있기 때문이다.

자연히 대전 안의 모든 마인은 서화능의 대답에 관심이 쏠렸다. 심상치 않은 기류에 영문을 모르는 피월려는 박소을과 서화능을 번갈아 보았다.

서화능이 말했다.

"허락하오. 하나 그의 내공심법은 내가 택하겠소."

박소을의 입꼬리가 순간적으로 올라갔다 내려왔다.

"존명."

피월려는 자기도 모르는 사이에 마인들이 흔히들 말하는 죽음의 제일대에 입대했다.

그 사실을 모르는 피월려는 그저 자신이 천마신교에 입교했다는 생각만 되새김질할 뿐이다. 그렇기에 자신을 힐끗힐끗 쳐다보는 사람들의 시선 속에 담긴 연민을 이해할 수 없었다. 그런데 그중에는 눈빛에 왠지 모를 분노가 담긴 자도 있었다.

겨우 분을 삭이는 듯한 표정으로 천서휘가 대전이 울릴 정도로 크게 발을 굴리며 앞으로 나왔다.

"천서휘, 말씀 올리겠습니다!"

그의 말이 끝나기가 무섭게 서화능이 손을 저었다.

"불허한다."

천서휘가 할 말이 무엇인지 이미 충분히 예상한 것이 분명했다.

숙여진 천서휘의 고개가 분노의 의해서 위로 꺾였다. 서화능과 정면으로 마주한 그의 입술이 파르르 흔들렸다.

그러나 명령 뒤에 붙는 대답은 오로지 하나, 존명이다.

“존명.”

천서휘는 피월려를 쏘아보며 자신의 자리로 돌아갔다. 서화능은 그에게 시선조차 주지 않았다.

“명한다. 지금 이 시간 이후부터 피월려는 제일대에 속한다.”

대전의 마인들은 한목소리로 대답했다.

“존명.”

그 목소리에 가담하지 않는 이는 때를 놓쳐 버린 피월려와 입술에 피가 나도록 깨무는 천서휘, 그리고 그런 그를 걱정스러운 눈빛으로 바라보는 서린지뿐이었다.

*　　　*　　　*

거의 알아들을 수 없는 통상적인 보고들이 줄을 잇고 나서야 집회가 끝났다.

서화능과 박소을이 먼저 모습을 감추자 대전에 남아 있던 마인들도 하나둘씩 모여 이런저런 얘기를 나누었다.

그중 피월려는 자기도 모르게 여인들이 모여 있는 곳에서 맑게 웃으며 여인들과 잡담을 하는 서린지를 바라보고 있었다.

툭.

누군가 피월려의 등을 건드렸다.

만약 검이었다면 이미 죽었을 것이다.

피월려는 등골이 오싹한 느낌을 애써 무시하며 눈앞에서 의미심장한 미소를 짓는 나지오를 보았다.

"나 선배?"

"정신을 놓고 있군그래? 전장이었으면 넌 이미 죽은 거야."

"……."

나지오가 턱으로 서린지를 가리켰다.

"쳐다보지 마라. 올라가지도 못하니."

"무, 무슨 뜻이오?"

"킥킥, 몰라서 묻는 거야? 기척도 못 느낄 정도로 그리 정신이 팔려서는. 쯧쯧."

"……."

나지오는 피월려의 어깨를 툭툭 쳤다.

"모르면 곧 알게 되겠지. 그나저나 제일대에 입대해 버렸네?"

"그렇게 됐소."

"흐음, 마공도 모르는 녀석한테 너무 심한 처사가 아닌가? 내가 데려가려고 했는데 말이지. 박 장로님이 조금 빠르셨어. 큭큭."

피월려는 나지오의 말의 궁금증이 들었다.

"제일대가 구체적으로 무엇을 하는 곳이기에 그러시오?"

나지오는 눈동자를 동그랗게 뜨며 반문했다.

"몰라? 너 아는 게 뭐냐?"

"……."

"진짜 몰라?"

"아무것도 들은 바가 없소."

나지오가 피월려의 귀에 얼굴을 가까이 가져다 대고는 작은 목소리로 속삭였다.

"제일대는 그냥 다 해."

"예?"

나지오가 억척스러운 힘으로 피월려의 어깨를 감쌌다.

"제일대는 아무거나 닥치는 대로 다 해."

"……."

"서 지부장님의 오른손이지. 모든 종류의 명령을 수행하는 곳이 바로 제일대야."

"모든 종류의 명령이라 하면?"

나지오가 살포시 미소를 지었다.

"나도 초기 대원이어서 잘 알지. 지루하다 싶을 정도로 일이 없다가도 갑자기 뜬금없이 나타나서 하는 말이 백도의 고수 한 명을 불구로 만들어라, 소림사의 뒷산에 불을 지르되 어느 정도만큼만 해라, 뭐 그딴 식이야. 가장 짜증이 나고 귀찮았으며 기억에 남는 명령은 이 년 전에 소오진하고 북해(北涀)에 가서 소빙옥을 죽이라는 것이었어."

"소빙옥?"

"무작정 가라 해서 갔더니 북해빙궁(北涀氷宮)의 안주인이더군. 원래는 애첩에서 그 자리까지 올라간 독한 년인데 그년한테 다가가는 데만 두 달 걸렸지."

북해빙궁은 일 년 내내 눈이 내리는 극북지방의 문파로서 빙(氷), 한(寒), 음(陰)의 무공을 수백 년이 넘는 세월 동안 익혀온 역사 깊은 문파이다. 보통 무림인이 음기만을 몸 안에 무리하게 쌓다 보면 생명의 근본이 되는 양기를 위협하여 몸을 크게 상하지만 그들은 그들만의 특이한 내공으로 음기 자체로 이루어진 내력을 사용하는 것으로 유명했다.

피월려는 잠시 말이 없다가 물었다.

"북해빙궁의 안주인을 죽이라는 명령의 의미는 뭐였소?"

"머리 굴리는 건 질색이라 잘 모르지만, 하여간 그 일 때문에 누명을 쓴 북해빙궁의 후계자가 처형을 받고 새로운 권력

자가 나타나면서 우리 천마신교의 영향력이 극도로 높아졌지."

"북쪽 끝에 있는 그 북해빙궁까지 말이오?"

"응. 소문에 의하면 북해빙궁의 신물인 빙정(氷晶)까지도 내준다니까 말 다 했지."

"빙정……."

소문에 의하면, 북해빙궁의 궁내에는 북부의 한기가 극도로 집중되는 동굴이 있는데, 다가가기만 해도 몸이 얼어버려 빙공(氷功)의 극을 이룬 자만이 그 동굴의 끝에 다다를 수 있다. 그렇게 선택된 인간만이 도달할 수 있는 그곳에는 모든 음의 정수인 한음수(限陰水)가 있고, 그 한음수의 정중앙에서 삼십 년에 한 번씩 생성되는 것이 바로 빙정이라는 것이다.

이 세상 어떠한 것보다 가장 극음에 가깝다는 빙정은 그 존재 자체만으로도 음양의 조화를 깨버리는 신물로써 그것을 어떻게 사용하느냐에 따라 신선의 영역까지도 침범할 수 있다 전해진다.

당연한 말이지만 북해빙궁 입장에선 멸궁되는 한이 있더라도 지켜야 하는 것이 바로 빙정이다. 북해빙궁의 심장과도 같은 빙정을 내어준다는 것은 이미 천마신교가 북해빙궁의 주인이 되었다는 것과 진배없다.

빙정은 살기 바빴지 신물 따위는 별로 관심이 없던 피월려도 들어보았을 정도로 매우 유명한 것으로 그것이 중원으로 흘러들어 온다면 큰 사달이 일어날 것이다.

나지오는 고개를 도리도리 흔들며 작은 미소를 입가에 맺었다.

“빙정을 직접 훔쳐 오라는 명령을 안 내린 것이 다행이지. 하마터면 마공을 폐하고 처음부터 다시 빙공을 익힐 뻔했다니까. 제일대는 그냥 노예라고, 노예.”

피월려는 설마 천마신교의 한 부대가 그런 말도 안 되는 체계를 가지고 있을 것으로 생각할 수 없었다.

“그러지 않기를 바라겠소.”

그리나 피월려가 실질적으로 제일대는 단순한 노예일 뿐이라는 사실을 깨닫는 데엔 그리 오랜 시간이 걸리지 않았다.

*　　　*　　　*

피월려는 자신의 침방(寢房)을 받았다. 시녀의 안내를 받아, 복잡한 복도를 지나 방에 도착했다.

집이라는 개념이 머릿속에서 사라진 지 수년이 되었기에 방 안의 가구들을 보며 소년 시절의 추억이 새록새록 기억났다.

그때 피월려의 용안에 어떤 기운이 느껴졌다.

천마신교 낙양지부 안에서 그를 감시하는 자가 누구인가? 피월려가 팍 고개를 돌리며 시선이 느껴지는 곳을 적의가 가득한 눈빛으로 바라보았다. 그에게 식사를 가져다주고 이곳까지 안내한 무뚝뚝한 시녀가 문가에 서서 깊이 가라앉은 눈빛으로 피월려를 응시하고 있었다.

한동안 서로의 눈빛이 오간 후 피월려가 물었다.

"혹 내게 할 말이 있소?"

시녀는 굳게 닫힌 입술을 살포시 열었다.

"아닙니다."

질문이란 대답을 기대하고 하는 것이 기본이지만 정작 그 시녀의 입에서 목소리가 흘러나왔을 때 피월려는 적지 않게 놀랐다. 지금까지 인사말은커녕 간단한 질문에 한마디 대답도 하지 않았었기 때문이다.

피월려는 헛기침을 하고 침상으로 걸어가 앉았다.

"말을 할 수 있었는지는 몰랐소."

"저희 이대원은 천마신교의 마인 외의 인간과 대화할 수 없습니다. 지금까지 실례했습니다."

피월려는 고개를 갸웃했다.

"기억으로는 초류선이라는 여인은 내게 말했소만? 이대주

아니오?"

피월려는 처음으로 그 시녀의 표정 변화를 보았다. 그러나 육안으로도 확인하기 어려운 작은 떨림일 뿐이다.

"피 공자께서 교인이 되기 전에 말입니까?"

"그렇소."

"……."

그녀는 묘하게 침묵했다. 눈빛을 보니 무언가 물어보고 싶어 하나 속으로 참는 듯했다. 기다리다 지친 피월려는 다른 대화 주제를 꺼냈다.

"그렇다면 이대원 소속이라고 하시니 묻겠소."

"예."

천마신교의 고수가 한낱 시녀를 자청하고 있다는 사실이 믿기지가 않아서 피월려는 되물었다.

"고수가 어찌 시녀로 있으시오?"

"허튼짓을 하면, 목을 베어버리라는 명이 있었습니다."

심히 딱딱한 어조에 피월려는 자기도 모르게 목을 쓸었다.

지금까지 그 시녀를 보며 피월려는 어떠한 위압감도 느끼지 못했다. 용안조차 그 시녀의 진면모를 간파하지 못한 것이다. 시녀는 뛰어난 살수가 분명했다.

"감시로군."

"……."

"이대주를 만나보아서 하는 말인데, 제이대는 마치 뛰어난 살수들만 모아놓은 듯하오."

시녀는 대답하지 않았다.

생각해 보면 전에 천장에서 튀어나온 초류선이나 뒤에서 사혈을 겨눈 초류아도 그들이 모습을 드러내기까지 용안의 탐색권을 벗어난 은잠술을 사용했었다.

용안은 심공이다.

용안심공은 눈을 통하는 정보의 근원을 파악하는 심공이지, 한눈에 고수의 실력을 알 수 있는 식의 도술을 부릴 수는 없었다.

그 시녀가 언제든 자기를 암살할 수 있었다는 사실에, 피월려는 관자놀이를 짚었다.

달콤한 깨달음으로 용안심공 첫 번째 눈의 극에 다다랐던 기쁨이 한순간에 사라지는 느낌이다. 용안심공에 기대어 온 자신의 무공의 한계를 주소군과의 일전을 통해 뼈저리게 느낀 직후여서, 그런지 피월려의 머릿속에서는 여러 가지 잡념이 복잡하게 뒤엉켰다.

그때, 그의 상념을 깨우는 인기척이 있었다.

"새로운 방은 마음에 드시오?"

방 안으로 들어선 박소을은 피월려에게 인사하며 침상 옆에 있는 의자로 걸어가 앉았다.

그가 들어서자 시녀는 발걸음을 밖으로 옮기려 했다.

피월려가 물었다.

"이름이 어떻게 되오?"

박소을은 순간적으로 자신이 이름을 말했는지 고민했다. 그의 생각이 끝나기 전에 뒤에 있는 시녀가 머뭇거리더니 결국 대답했다.

"주하입니다."

그렇게 툭 던지듯 말한 주하는 떨떠름해하는 박소을을 뒤로하고 밖으로 나갔다.

그 뒤 피월려는 자리에서 일어나 포권을 취했다.

"일대주를 뵈옵니다."

박소을은 품속에서 무엇인가를 꺼내며 대답했다.

"내 앞에서는 겉치레를 가급적 생략하시오. 그런데 이 검이 본인 것이 맞소?"

피월려는 따로 소지하는 검이 없었다. 그의 무형검을 완성하기 위해서라도 특정한 형태의 검과 오랫동안 함께하는 것은 금기였기 때문이다. 피월려는 언제나 검형을 바꾸며 살아왔는데, 심지어 쌍검을 쓰기도 하고 좌검을 쓰기도 했다.

그런데 지금 박소을이 내민 검은 다름 아닌 천서휘와 생사일전을 치르기 전에 낙양의 대장장이에게서 받은 검이었다.

피월려는 그 검이 꽤 마음에 들었던 것이 기억나 고개만 끄덕이고 감사의 말도 없이 재빠르게 받아 검신에서 검을 슬쩍 꺼내보았다.

스르릉.

확실히 맑은 공명음이지만 뭔가 이상했다. 그때와 같은 전율은 느껴지지 않았다. 피월려는 검신을 자세하게 살피기 시작했다.

그때, 박소을이 말했다.

"천서휘가 미안하다고 전해달라더군. 흑노와 암노의 손에 닿은 모든 것은 죽어버리오. 인간의 살점이든 검의 예기든 말이오. 최대한 복구한 것이라 하는데 내가 봤을 때 이미 그 검은 죽었소."

검 주위에 감도는 예기(銳氣)가 어지럽다고 생각한 피월려는 검이 죽었다는 박소을의 함축적인 말을 이해했다. 마치 한번 잘려 나간 손가락을 억지로 붙여놓은 듯한 느낌이었다.

피월려의 표정이 조금 어두워졌으나 곧 그는 검집에 검을 집어넣으며 미소를 지었다.

"저는 조화보다는 지배를 추구합니다."

박소을의 눈빛에 이채가 돌았다.

"생검(生檢)을 버리고 사검(死劍)을 추구하는 것이오?"

"예. 가끔은 일부러 생검도 죽입니다."

피월려가 실망한 것은 그저 마음에 든 장난감이 망가졌기 때문이지 무공을 상승시키는 보검을 사용할 수 없는 데에서 온 것이 아니었다.

박소을의 입에서 방 전체를 진동시키는 광소가 터져 나왔다.

"크하하! 대단하오. 정말로 검을 섞어보고 싶군."

"좋은 대련이 될 것입니다."

"분명히 그럴 것이오. 그러나 이것을 모두 배운 후로 미뤄두도록 하지."

박소을은 품속에서 몇 가지 서적을 꺼내 들었다.

검을 허리에 찬 피월려는 순간적으로 무공 서적이 아닌가 하는 욕심이 들었으나 겉표지에 아무것도 쓰여 있지 않은 것으로 보아서 그런 것 같지는 않았다.

피월려가 뭐라고 묻기 전에 박소을이 먼저 말했다.

"첫째로 천마신교의 법전이오. 자잘한 규칙이라 생각하면 되고, 두 번째는 낙양지부의 기본 사항들이오. 지부의 위치, 혹은 인사 등이 적혀 있소. 세 번째는 낙양지부의 지도이오. 다른 두 개는 몰라도 이건 알아야 할 것이오. 진법에 빠지기 싫으면. 그리고 내공심법도 가져와야겠지만 어떤 마공을 하사할지는 지부장이 알아서 하겠다고 했으니……. 그건 뭐, 이미

수를 써 두었소."

피월려는 그 세 권을 받아 들어 침상에 놓았다.

"감사합니다."

"감사할 것까지야. 꾸준히 읽어도 보름은 걸릴 숙제를 준 것인데. 하여간 나도 잘 읽지 않는 이런 딱딱한 걸 주려고 이곳까지 온 것은 아니요."

천마신교의 장로라는 사람이 할 말은 아니었기에 피월려는 속으로 헛웃음을 지으며 물었다.

"그럼 무슨 일이십니까?"

"뭐겠소? 명이지."

"벌써 말입니까?"

피월려가 대전에서 새로운 방으로 온 지 일각도 지나지 않았다. 그런데 벌써 임무가 있다는 것이다.

"그대의 등장으로 지부장의 계획이 즉흥적으로 수정되어 시일이 앞당겨졌으니 그대의 책임도 있소. 게다가 예상하지 못한 귀찮은 일도 생겨 버렸으니……. 그러니 불평하지 말고 하시길 바라겠소."

피월려는 점점 자신이 천마신교의 일원이 된 것이 피부로 느껴지는 것 같았다. 어떻게 보면 참 어이없게 입교하게 되어 벌써 임무를 맡고 있으니 말이다.

보름 전만 해도 천마신교의 천 자도 모르던 그가 말이다.

피월려는 조심스럽게 물었다.

"임무가 무엇입니까?"

"지부장의 명을 전하겠소. 황룡무가의 보물 두 개를 지부로 가져오라는 명이오."

"예? 보물이라는 것은 무엇입니까?"

박소을은 그 질문에 답하는 대신 경고했다.

"지금의 대답은 나와 생사혈전을 하자는 뜻이오?"

정신이 번쩍 든 피월려는 포권을 취했다.

"존명."

박소을을 굳은 표정을 펴며 작은 미소를 그렸다.

"버릇을 들이셔야 할 것이오. 물론 나는 별로 상관하는 사람이 아니나 태생마교인은 매우 심각하게 생각하곤 하니까."

"명심하겠습니다."

박소을은 자리에서 일어났다.

"천마신교의 명은 항상 이런 식이오. 만약 알지 못하겠거든 본인 스스로 알아내거나 마조대로 가시오. 나도 자주 이용하니."

그는 그렇게 자기 할 말만 하고 방을 떠났다. 피월려는 미처 인사조차도 못했다.

*　　　*　　　*

박소을이 떠나고서 피월려는 그가 준 세 권의 책을 뒤져 마조대의 대해서 알아보았다.

마조대(魔雕隊)는 무공 수위가 천마급에 이르지 못하는 유일한 지마급 장로인 극악마뇌(極惡魔腦) 사무조가 이끄는 천마신교의 정보 단체로서, 어디에도 속해 있지 않고 오직 교주의 명만을 받드는 교주 직속 단체였다.

마조대는 전 중원에 넓게 펼쳐져 있으며, 각 지역의 정보를 실시간으로 보고하는데, 지역에 지부가 있을 경우 그곳을 거점으로 삼는다.

본래 마조대는 다른 어떤 마인들의 명을 받들 책임이 없다. 그러나 각 지부에서 정보가 필요할 때마다 중원의 끝자락에 있는 십만대산에 위치한 본부까지 교주에게 청탁하고 그 답을 듣는 것은 현실성이 적기 때문에 웬만한 마조대의 각 단주들은 그곳 지부장의 명을 따른다. 그러나 그 명을 따르고 안 따르고는 염연히 단주들의 마음에 달렸기 때문에 대부분 지부장과 단주들은 동등한 입장에서 서로 합의를 구한다.

그러나 낙양지부는 이야기가 다르다.

낙양지부에는 다른 지부와 다르게 얼마든지 장로로 취임

할 수 있는 천마급 고수 서화능이 지부장으로 있고, 우습게도 그의 아래로 이미 장로직을 하사받은 박소을 일대주가 있다.

게다가 낙양지부는 특이하게도 천마신교 외부를 책임지는 외총부주 사사혈루(邪死血淚) 북자호 장로의 아래 있는 것이 아니라 교주 직속이다. 따라서 마조대 낙양단주는 같은 교주 직속인 낙양지부를 위로 받드는 실정이다.

그 책자는 그런 세세한 것까지도 적혀 있었다. 피월려는 낙양지부의 지도와 진법이 자세히 적혀 있는 책을 펼쳐 마조대 낙양단의 위치를 찾았다.

그곳에는 지도에는 필수적으로 보이는 그림 한 점 없었다. 그 대신 낙양지부에 존재하는 모든 방을 여섯 방위로 나누어 그곳에 도착하는 방법만을 나열하고 있었다.

예를 들어, 피월려의 처소가 위치한 '양천'에서 마조대 낙양단이 위치한 '음천'으로 간 뒤 '음천' 어디에서든지 오른쪽으로 네 번, 왼쪽으로 두 번을 돌면 마조대가 나온다는 것이다.

머리로 지도를 그려보려던 피월려는 이내 포기해 버리고 방문을 나섰다. 홀로 나서는 것은 처음이어서 그런지 왠지 모를 두려움이 엄습했지만 그래도 무인인지라 망설임 없이 발걸음을 옮겼다.

이각이 흘렀을까, 아직도 지도를 손에 붙잡고 뭔가 망설이는 눈빛으로 고개를 갸웃거리며 주위를 서성거리는 피월려를 보고 참다못한 주하가 모습을 드러냈다.

그녀의 존재를 파악한 피월려가 매우 놀라는 표정으로 크게 말했다.

"정말 놀라운 암공(暗功)이오. 여태껏 나를 미행했다는 것이오?"

"예."

주하의 표정은 어떠한 감정도 없었다. 그러나 피월려는 그녀가 자신을 한심스러운 눈빛으로 바라본다고 생각했다.

"마침 잘되었소. 내가 마조대에 볼일이 있는데 그곳을 가는 중에 길을 잃은 것 같소."

"창문의 색이 어떻게 보이시죠?"

"옅은 적색이오만."

주하는 잠시 고민하더니 곧 걷기 시작했다.

"최면이 빠르시군요. 하지만 양천에서 음천으로 가는 것은 그리 어렵지 않으니 저를 잘 따라오시면 아무 문제없을 것입니다."

"알았소."

피월려는 주하를 따라 복도를 거닐었고, 반각도 채 되지 않아 마조대라고 크게 적혀 있는 방문을 볼 수 있었다.

"고맙소."

"그럼 이만."

피월려는 그대로 사라지려는 듯한 주하를 급히 말렸다.

"잠시만."

"무슨 일이시죠?"

"계속 나를 미행할 생각이오?"

"……."

침묵을 긍정으로 알아들은 피월려가 말을 이었다.

"굳이 힘들게 모습을 숨길 필요는 없소."

그때, 주하의 입가가 처음으로 살짝 올라갔다. 그러나 역시 찰나에 무표정으로 돌아갔다.

"몸을 숨기는 것이 편합니다."

그렇게 말을 한 그녀는 마치 연기처럼 점차 투명해졌고, 곧 완전히 모습이 사라져 버렸다. 눈앞에서 없어지는 그녀의 존재감을 모든 심력을 다해 용안으로 찾아내던 피월려가 작게 중얼거렸다.

"역시 안 되는군."

또다시 상념에 빠진 피월려는 곧 정신을 차리고 마조대의 문을 열었다.

옷장이라 해도 좋을 만큼 작고 어두운 그 방에는 한 사내가 앉아 있었고, 그의 앞에 놓인 작은 탁자 위에 이런저런 서류 뭉치들이 즐비하게 널려 있었다.

피월려가 안으로 들어서기도 좁을 정도로 작았기에 그는 방문을 연 채로 밖에 서 있었고, 안의 사내는 처리하던 서류를 멈추고 피월려를 보았다.

헝클어진 긴 머리의 사내는 뜻밖에 굉장히 젊어 피월려나 천서휘와 연배가 비슷해 보였다.

"보기보다 예가 없군. 그냥 문을 열면 어떻게 하자는 것이오?"

피월려는 아차 하는 생각이 들었다. 그러고 보니 어떤 기별도 없이 문을 열고 들어와 버린 것이다.

"죄송하오. 그러나 임무가 있어 정보를 청하러 왔소, 지화추 단장."

피월려는 인사록에 있던 이름을 기억해 냈다. 마조대 낙양 단주 지화추는 얼굴을 찌푸렸으나 싫어하는 안색은 아니었다.

"벌써 내 이름도 외우셨소?"

"부탁이 있으니 이 정도는 당연하오."

"아까 대전에서 보았던 피월려가 맞소?"

"그렇소."

"흐음, 가만있어 보자."

지화추는 서류를 뒤적거리더니 곧 원하는 것을 찾아 펼

쳤다.

“그대에게 허락된 정보 수준으로는… 흐음, 말할 수 있는 게 별로 없는데. 박소을 장로님이 지향하는 직설적이고 간략한 설명으로 하겠소. 현 황룡무가의 황룡검주 진파진이 실종되었소. 지금 북쪽 관문으로 가면 이대주가 있을 것이오. 그녀가 할 일을 구체적으로 알려줄 것이오.”

피월려는 자신의 아들과 딸을 버린 매정한 아버지의 이름이 진파진인 것을 이제야 알 수 있었다.

“황룡검주가 실종되었다 했소?”

지화추는 단호하게 말했다.

“그렇소. 그 일이 관계된 것만 알아두면 되오.”

더 들을 수 있는 것이 없다고 판단한 피월려가 인사했다.

“알겠소.”

그가 문을 닫으려 하자 지화추가 급히 외쳤다.

“잠깐!”

“무슨 일이오?”

“일이각 전에 신물주(神物主)가 그대를 찾았소. 곧 명을 받을 것이라 전해주었더니 대문 앞에서 기다리겠다고 했소.”

“신물주? 신물주가 누구요?”

“정말 모르오? 천마신교의 신물을 지닌 신물주 말이오. 어서 나가보시오. 그가 기다리고 있을 테니까.”

피월려는 신물주라는 인물을 전혀 알 수 없었지만 지화추의 급한 목소리에 문을 닫고 출구로 향할 수밖에 없었다.

어차피 만나면 다 알게 될 것이니까.

제오장(第五章)

동서를 잇는 낙하강은 낙양에서 모든 교류의 중심이 된다. 그런 낙하강의 중심에 위치한 번화가에서 북서쪽으로 조금만 걸어오면 태수의 성과 부유한 사람들이 밀집된 지역이 있는데, 평민들은 그곳을 높은 낙양이라 하여 흔히들 존양(尊陽)이라 부른다.

존양에는 수많은 거부와 귀족이 살고 있었고, 그들은 항상 자신의 재력을 지켜줄 호위무사들을 찾지만 이상하게도 존양에서는 무림인의 모습을 찾기 힘들었다. 존양의 치안은 태수의 군병들이 철저하게 지켰고 무림인들이 태수의 군사력과 생기는 마찰을 두려워했다.

그러나 그곳에 단 하나의 무림방파가 딱하니 자리를 잡고 있으니 바로 천마신교 낙양지부다. 하지만 그 실상을 아는 이는 극히 적었다. 겉으로 보기에는 한 거부의 별장 정도로 보일 뿐이었기 때문이다.

피월려는 전에 밤에 보았던 거대한 대문을 마주했다. 복도 전체를 막고 서 있는 그 대문을 열고 타오르는 태양의 햇빛을 온몸으로 받았다.

"후하……."

주소군과 비무를 하고 나서 명상을 얼마나 한 것인지는 알 수 없었지만, 아침의 태양을 보니 적어도 하룻밤을 꼬박 샌 듯싶었다. 그러나 잠을 잔 것보다 훨씬 더 기분이 상쾌했다. 무아지경을 통해서 깊은 잠을 잔 것과 같은 휴식을 취했기 때문이다.

피월려는 기지개를 켜며 주위를 둘러보았다. 처음 눈에 보이는 것은 분주히 움직이는 하인들이었다. 그리고 존양에 사는 거부들도 이따금 보였다.

홀로 걷는 이도 있었으나 대부분 가마 위에 앉아 주위를 느긋하게 구경하든지 혹은 다른 가마 위에 있는 사람과 이야기를 주고받고 있었다.

그들 뒤로는 백여 명의 식솔은 충분히 감당할 수 있을 정도로 큰 건물들이 줄을 이었다.

밤에 본 것과는 또 다른 모습이다.

그때, 피월려에게 누군가 말을 걸었다.

"낙양지부에서 나왔으나 마인은 아닌 것 같으니 피월려가 확실하군! 그렇지 않소?"

젊지도 늙지도 않은 쾌활한 목소리의 주인공은 이상하게도 하얀 고양이 가면을 쓰고 있었다. 입술을 제외한 모든 얼굴을 가린 그 하얀 고양이 가면은 눈을 찡긋하고 있는 것이 꽤 귀여웠다.

낙양 같은 대도시에는 고된 삶 속에서 사람들의 흥겨움을 달래주는 예인(藝人)이 많았다. 그들 중에는 변검(變臉)을 전문으로 하는 배우가 있는데, 종종 이런 가면을 쓰고 다니곤 했다.

피월려는 본능적으로 그의 품을 살폈으나 확인되는 무기는 하나도 없었다. 그렇다고 무림인이 아니라 단정 지을 수는 없을 것이다.

"누구시오?"

피월려의 물음에 그 사내가 대답했다.

"신물주외다."

피월려는 아까 지화추가 한 말을 기억했다.

"아, 지화추 단장에게 나를 볼 일이 있다고 들었소만?"

"그렇소."
"무슨 일이시오?"
"별일 아니오. 그저 당신을 따라다니면 되는 일이오."
"나를 따라다닌다고 하였소?"
"물론이오."
피월려는 의심스러운 눈초리로 신물주를 보았다. 이상한 고양이 가면을 쓴 남자가 자신을 신물주라 소개하며 따라다니겠다고 하면 그 말을 곧이곧대로 믿을 사람이 과연 있을까.
피월려는 딱 잘라 말했다.
"불허(不許)하오만."
"나는 그대의 허락을 필요로 하지 않소. 그저 명을 따를 뿐이오."
"명이라 하였소?"
"그렇소. 형식적이긴 하지만, 어쨌든 지금은 나도 이 지부의 일원이니 지부장에게 직접 받은 명은 어쩔 수 없이 따르는 수밖에……."
"그렇다면 지부장께서 당신에게 나를 따르라고 명했다는 말이오?"
신물주는 잠시 말을 멈추고 손을 턱에 가져갔다.
"따르라는 명은 하지 않았소. 그러나 그의 명을 수행하려면 그대를 따라다녀야 하오."

"그 명이 무엇이기에 그러시오?"

"그건 말해줄 수 없소."

피월려는 용안으로 신물주를 바라보았다. 그러나 가면 때문에 얼굴을 볼 수 없으니 신물주의 심리를 읽기가 어려웠다.

피월려가 말했다.

"미안하지만 그대를 믿을 수 없는 내 입장을 이해해 주길 바라겠소. 그럼."

피월려는 단호하게 말하고 몸을 돌렸다. 그런데 뒤에 있어야 할 신물주가 갑자기 다시 시야에 잡혔다.

부드러움과 은밀함을 겸비한 보법(步法)이다.

신물주가 말했다.

"같은 일대원으로서 이러시면 곤란하오."

"일대원? 제일대에 속하신 분이셨소?"

"그렇소. 그대가 제일대에 속하는 임명식을 대전에서 보았소만."

"대전에 계셨소?"

"일대원은 전원 참석했소. 모르셨소?"

"……."

"그때는 노인의 얼굴이었소만."

피월려는 그제야 대전에서 힐끗 보았던 그 체격 좋던 노인을 기억해 낼 수 있었다.

"아, 어르신이셨군요."

"하하하, 말을 높이지 마시오. 나는 이래 봬도 아직 사십을 넘지 못했소. 나는 항상 변장하는 취미가 있을 뿐이오."

피월려는 얼굴을 찌푸렸다.

"독특한 취미이오."

"신물주다 보니 그렇게 되었소."

피월려는 한동안 그 고양이 가면을 응시했다. 정확하게는 신물주의 눈을 마주 보았다. 그러나 이상하게 그 가면에서는 신물주의 눈동자를 찾을 수 없었다. 눈구멍조차 없는 듯했다.

피월려는 걸음을 옮기기 시작했다.

무언의 허락이다.

"나는 초류선 소저를 만나러 북문으로 가오. 가는 길에 간단한 요기라도 할 생각이오만."

"나도 배가 고프오."

"그럼 그쪽이 사시오."

"왜 그래야 하오?"

"선배라고 하지 않았소?"

신물주의 입이 빙그레 웃었다.

"알았소. 내가 북문 쪽에 있는 맛 좋은 소면 파는 곳을 안다오."

그들은 그렇게 존양의 마방에서 말을 빌려 일각을 달렸고, 곧 북문에 거의 도착했다. 초류선이 좀 더 기다려야겠지만 도저히 허기를 해결하지 않고 임무를 수행하는 것은 미친 짓이라는 생각 때문에 피월려는 미안한 마음을 접어두고 신물주가 안내하는 작은 객잔으로 들어섰다.

아침도 점심도 아닌 어정쩡한 시각이기에 단 한 명의 손님도 없었고, 신물주와 피월려는 적당한 자리에 앉아 소면을 주문했다.

곧 김이 모락모락 나는 소면이 나왔고, 피월려는 허겁지겁 먹어치워 텅텅 빈 내장을 채웠다. 그리고 점소이가 가져온 차를 마시며 아직 절반도 먹지 못한 신물주를 보았다.

입안에 있는 소면을 삼키면서 신물주가 물었다.

"피 후배는 참으로 의심이 없는 사람이라 생각되오."

"왜 그렇소?"

"내가 신물주인 것을 그대로 믿는 것도 그렇거니와, 내가 소개한 객잔으로 들어와서 내가 주문한 소면을 그리 아무렇지도 않게 먹다니 말이오. 거기에 독이라도 들었으면 어찌할 뻔했소?"

"그렇게 말하는 것을 보니 독이 있지는 않겠소만."

신물주는 자신의 고양이 가면을 고쳐 잡았다.

"보통의 무림인은 도저히 할 수 없는 대범한 행동이오."

"정말 대범하다고 생각하오?"

피월려는 미소 짓고 있었다. 그렇기에 신물주는 자신의 속마음을 쉽게 털어놓을 수 있었다.

"사실 멍청하다고 생각했소. 왜 당신 같은 인물을 지부장께서 받아들였는지 말이오."

피월려는 화를 내는 대신에 여유로운 표정을 지어 보였다.

"혹시 내 주위에 나 말고 다른 이의 기척이 느껴지시오?"

소면을 집어 입으로 가져가던 신물주의 젓가락이 중간에 멈췄다. 그의 표정을 유일하게 엿볼 수 있는 그의 작은 입술이 굳게 닫혀 있다.

신물주는 조용히 생각했다.

우선 주위에 느껴지는 기척은 없다.

이토록 피월려가 자신감이 넘치는 이유는 바로 자신이 신물주라는 사실을 정확하게 알고 있다는 뜻이다. 그래서 자신의 말을 믿고 자신이 권하는 음식을 아무렇지도 않게 먹는 것이다.

그렇다면 피월려가 확신하는 이유는 무엇인가? 주위의 기척을 확인할 수 있느냐고 물은 이유는 무엇일까? 그 이유는 바로 지금 피월려와 같이 행동하는 암공의 고수가 신물주인 자신을 알고 있다는 말이 된다.

"이대원이 함께 있소?"

몸을 숨기는 실력이 뛰어나고 피월려에게 우호적이며 신물주의 존재를 아는 이는 천마신교 낙양지부의 이대원밖에 없었다.

피월려는 빙그레 미소 지었다.

"이름이 주하라고 알고 있소."

"주하? 아, 그 여인이라면 나도 몇 번 같이 명을 수행한 적이 있어 알고 있소. 제이대에 단독 행동이 허락된 최상위 살수는 단 여섯 명인데 그녀는 그중 한 명이외다. 내 직접 이대주의 실력을 목격한 적은 없지만 주하라는 살수의 솜씨를 몇 번 보고 나서 제이대의 위력을 알게 되었소."

"혹시 그녀의 은잠술을 꿰뚫을 수 있소?"

"그건 나도 불가능하오."

"그럼 지금이야 모르겠지만 아까 천마신교 낙양지부에서 나올 때에는 분명 나와 함께 있었을 것이오. 그때 그녀는 내가 선배와 함께 행동하는 것을 보았을 것이고, 그것을 보고도 아무런 말도 하지 않았다면 결국 선배가 신물주가 맞다는 말이 아니겠소?"

신물주는 젓가락을 놓고 크게 웃었다.

"크하하, 천 공자는 미래를 본다 하고, 주소군은 심오한 고수라 하며, 이대주는 눈만 좋은 애송이라 했거늘, 내 눈에는 여우 한 마리가 보이오."

피월려는 왠지 이 하얀 고양이 사내가 마음에 들었다.

그래서였을까? 그는 전부터 궁금했던 점을 솔직히 물었다.

"한 가지 물어볼 것이 있소."

"물으시오."

"성함이 어떻게 되시오?"

신물주의 입 끝이 묘하게 뒤틀려졌다.

"나는 신물주 외의 인물이 될 수 없소."

"지화추 단장이 말하기를 선배는 천마신교의 신물을 지니고 있다고 했소. 그렇기에 신물주라 불리는 것으로 생각하는데, 그 신물이 선배의 정체성을 대신할 만큼 대단한 것이오?"

"물론이외다. 어느 마인이든 그의 손에 신물이 떨어져 신물주임을 공표하면, 그는 신물주 이외에 어떠한 정체성도 지닐 수 없소."

"……."

신물주는 결국 소면을 전부 먹고는 손으로 입을 닦았다.

"더 궁금하거든 천마신교의 법전을 보시오. 특히 교주의 인사법 말이외다."

"교주?"

피월려가 더 물으려 할 때 신물주가 갑자기 피월려의 손목을 잡고 그대로 오른쪽으로 잡아당겼다. 피월려의 몸은 신물주의 완력에 의해서 얼떨결에 옆으로 기울어졌고, 그의 뒤통수를 노리고 정확하게 날아오는 반투명한 비도는 피월려를 지나 객잔의 벽에 박혀 들어갔다.

자세를 낮추던 신물주가 작은 신음성을 터뜨렸다.

"무영비(無影飛)!"

출수할 때나 날아갈 때에도 아무런 소리도 내지 않는 반투명의 비도는 전 무림에 삼대 암기 중 하나로 손꼽히는 무영비밖에 없었다.

무영비는 오십 년 전 비도 하나로 사천 무림을 오 할 이상 장악했던 비도문(飛刀門)의 독문 암기다. 그들이 다루는 비도의 종류는 수십 가지가 넘었지만, 그중 최고의 위력을 자랑하는 무영비는 한 번 출수될 경우에 반드시 목숨을 빼앗아간다는 무서운 암기였다.

백 명도 안 되는 작은 식솔로 구성된 비도문이 사천의 대부분을 손아귀에 쥐게 되자 그들의 행보를 두려워한 사천당문은 그들의 독과 암기로 전면전을 펼쳤고, 비도문을 멸문으로 이끈 대가로 사천당문의 세력 칠 할이 소비되는 피해를 보았다.

오십 년이 지나는 동안 무림에서 간간이 그들의 후예로 짐작되는 인물들이 무영비를 들고 나와 잔인한 살수를 일삼는 탓에 지금의 무림에서는 극악무도한 흑도로 취급되고 있다.

현재 살아남은 비도문의 후예들은 문파의 이름을 비도혈문(飛刀血門)으로 바꾸고 살수문파로 거듭났다. 그들은 다른 모든 암기를 버리고 오로지 무영비만을 사용하며 활동하기에 비도혈문의 모든 제자는 무영비주(無影飛主)라는 별호로 불린다.

피월려도 무영비와 무영비주에 관한 소문은 들었다. 그러나 직접 목격한 것은 이번이 처음이다.

신물주는 자세를 낮추며 두덜거렸다.

"지부장이 내게 명한 일은 피 후배와 함께 행동하다 피 후배를 암살하려는 이를 역추격하라는 것이외다."

서화능이 어떻게 피월려가 암살을 당할 것이라 예상했는지는 미지수였다. 그러나 한 가지 확실한 건, 피월려에게 그 같은 사실을 알려주지 않았다는 점이다. 그 이유는 미끼인 피월려가 경계함으로 인해서 살수로 하여금 손을 쓰기에 어려워지는 상황을 미연에 방지하기 위함임이 분명했다.

최고의 미끼는 자기가 미끼인지 모르는 미끼이다.

그런 생각이 든 피월려는 쓴웃음을 지으며 말했다.

"아까 내게 임무를 말할 수 없다 하지 않았소?"

신물주는 주위를 경계하는 눈초리로 둘러보며 대답했다.

"그건 상대가 무영비주나 되는 고수인 줄 몰랐기에 했던 말이오. 아무래도 피 후배의 도움이 필요……."

신물주는 말을 더 잇지 못했다. 내력이 담긴 그의 오른손이 피월려의 멱살을 잡았고, 다시금 앞으로 함께 굴렀다. 균형이 무너지는 가운데 피월려는 자신의 귓가로 스치고 지나가는 차가운 무영비의 존재를 느낄 수 있었다.

피월려를 스치고 지나간 무영비는 무슨 일인가 싶어 밖으로 나온 객잔 주인의 심장에 정확히 박혔다.

"크아악!"

주인은 불신이 가득한 눈빛으로 자신의 가슴을 바라보다가 몸을 부들부들 떨면서 그 자리에 털썩 주저앉았다.

심장에서 피가 분수처럼 뿜어져 나와 반투명한 무영비의 형태가 그나마 육안으로 보였다. 성인 남성의 엄지만 한 타원형이다. 특이한 점은 피로 얼룩진 붉은 실이 무영비의 끝에서부터 어디론가 부드러운 곡선으로 이어져 있다는 것이다. 피가 묻지 않은 부분부터는 도저히 눈으로 확인할 수 없었다.

"실?"

피월려가 놀라는 사이, 먼저 자세를 잡은 신물주가 하얀 고양이 가면 아래로 손을 집어넣더니 총 길이가 한 뼘도 되지 않을 뾰족한 가시 모양의 검 두 개를 꺼내 양손에 잡았다.

"무영사(無影絲)라고 하오. 이름 참 기가 막히지, 정말 그림자도 없으니."

피월려 또한 허리춤에서 검을 뽑았다. 그리고 무의식적으로 무영비가 날아온 쪽으로 겨누었는데, 신물주는 피월려와 등을 맞대고 자검(刺劍)을 정면으로 치켜세웠다.

신물주는 비도를 날린 살수에게 가까이 다가갈 생각이 없는 듯 제자리에 서서 거리를 유지했다. 이를 의아하게 여긴 피월려가 뭐라고 묻기 전에 그가 설명했다.

"무영비주는 양손으로 두 개의 무영비를 다루는데, 무영비에 달린 무영사로 자유롭게 조정하기 때문에 방향과 거리는 추측할 수가 없소. 한곳에서 날아왔다고 그곳에 무영비주가 있는 것이 아니고 한 번 날아왔다고 다시금 날아들지 못하는 법이 없소. 중원에서 비도의 극의라 불리는 이기어검(以氣馭劍)이 무영비주에게는 무영비를 다루는 기본이요."

피월려는 고개를 슬쩍 돌려 앉은 자세로 죽은 객잔 주인의 시체와 그 심장에 박힌 무영비를 주시했다.

피월려가 그것을 피하자 그 즉시 객잔 주인의 심장을 노렸다.

이건 말할 것도 없이 일로일살(一路一殺)이다.

수많은 전투를 경험하게 되면 한 번의 초식이 오갈 때에 수만 가지의 가능성을 동시에 생각하게 된다. 가능한 검로를 머리로 미리 짜서 자기가 원하는 방향으로 검을 이끄는 것이다.

이러한 검로가 적을 압도하면 당하는 입장에서 볼 때 한번 수가 오갈 때마다 한 명씩 죽임을 당하는 사태가 일어난다. 한 명이 죽을 때까지 검이 끊이지 않고 쉬지 않는 것이다.

일전에 피월려가 진설린의 호위무사 넷과의 일전에서 보여준 신위가 바로 그것이다.

그런데 그것이 비도로 가능하다니…….

무영비는 마치 투명한 고수의 손에 잡힌 하나의 검과 같다.

피월려는 마른침을 삼키며 물었다.

"무영비와 무영사에 피가 묻었으니 다시금 회수할 때 그 위치를 파악하면 되지 않소?"

"무영사는 내력을 담아내는 신물로, 회수할 필요도 없이 다시금 공격이 가능하오. 그러니 전 방향을 경계해야 하오."

"처음에 무영비를 보지 않았소? 지금은 어디 있소?"

"미안하지만 나는 종적을 놓친 무영비를 볼 수 없소. 처음에 무영비를 본 것이 아니라 무영비주가 무영비를 출수하는 모습을 목격한 것이오. 주위를 경계하고 있었기에 운이 따른 것이었소. 한 개도 아니고 두 개나 되는 무영비는 솔직히 찾기 어렵소."

신물주와 피월려는 한 걸음도 움직이지 않았다. 피가 묻은 무영비 하나는 객잔 주인의 심장에 박힌 채 꿈쩍도 하지 않았다. 그러나 처음에 출수되었던 무영비는 어디 있는지 도통 보이지 않는다.

그들은 어디서든 보이지 않는 비도가 날아올 수 있다는 생각에 온 신경을 감각에 집중했다.

신물주가 눈알을 쉴 새 없이 굴리면서 경고했다.

"눈으로 쫓으려면 늦소. 소리도 들리지 않소. 그저 기감에 의존하시오. 내력으로 움직이는 놈이니 기감밖에 소용이 없을 것이오."

피월려는 얼굴을 찌푸렸다.

"이대로 가만히 서서 공격하기를 기다려야 한다는 것이오?"

"우리는 일정 시간만 버티면 되오."

피월려는 신물주가 주하를 언급하는 것으로 생각했다. 이대로 조금 더 시간을 끈다면 주하가 무영비주를 처리할 것이라는 암시다.

그런데 그때, 심장에 박혀 있던 무영비가 마치 뱀의 머리처럼 수직으로 조금씩 올라왔다.

놀라운 기의 운용이 아닐 수 없었다. 가느다란 실로 비도의 무게를 감당하는 것은 물론이고 균형까지도 완벽하게 맞춘 것이다.

부우우웅.

무영비가 사람 키만큼 올라섰을 즈음에 조금씩 진동하며 공명음을 토해냈다. 천천히 움직이던 것이 점차 빨라지기 시작했고, 나중에는 진동이라기보다는 떨림에 가까운 움직임을 취했다.

곧 사방으로 피가 튀며 반투명한 검신이 드러났고, 공명음도 점차 고음이 되더니 곧 인간의 귀로 들을 수 있는 한계를 지났다.

그리고 무색무음의 본연의 모습으로 돌아간 무영비가 피월려를 향해 쏘아졌다.

왼쪽 위로 넓은 곡선을 그리며 공기를 쇄도하는 무영비의 속도는 생각보다 그리 빠르지 않았다. 피월려는 용안의 위력을 빌려 무영비를 쳐 내었다.

타— 앙!

맑고 청아한 음이 객잔을 울렸고, 눈이 휘둥그레진 신물주의 감탄은 즉시 이어졌다.

"보이오, 저게?"

피월려의 눈동자는 끊임없이 공중의 무영비를 좇아다녔다. 피월려의 검에 의해서 튕겨졌던 무영비는 그들 주위를 넓은 반경으로 공전하고 있었다.

"무영비는 보이지 않소. 그러나 위치는 파악할 수 있소."

신물주는 잠시 말을 멈췄다.

"용안이라 들었지만 이 정도일 줄은 몰랐군. 혹시 나머지 하나도 보이오?"

"그건 모르오. 지금 무영비의 위치를 알 수 있는 것은 한 번 모습을 포착했기에 그 길을 읽어내는 방법으로 보는 것이기 때문이오."

"그 길?"

"검로라고 하면 알겠소?"

"그게 무슨 소리요? 비도의 검로가 어디 있소?"

"비도이지만 일로일살의 검로를 담고 있소. 그것을 보면 되오."

"……."

아쉽게도 신물주는 피월려의 말을 전혀 이해하지 못했다. 날아다니는 비도에 무슨 일로일살의 검로가 있다는 말인가. 그는 이해하려던 것을 멈추고 대신 현실적인 해결 방안을 제시했다.

"그럼 그 무영비의 움직임을 묶어주시오. 내 기감으로 두 개면 몰라도 하나에만 집중하면 충분히 무영비의 위치를 예상할 수 있을 것이오. 서로 하나씩 신경 쓰기로 합시다."

"알았소."

피월려는 신물주를 믿기로 하고 자전하는 무영비에 모든 신경을 담아 주시했다. 피월려의 이마에서 송골송골 맺힌 식은땀이 뺨을 타고 내려왔고, 곧 턱에 고여 아래로 떨어졌다.

땀방울이 땅에 닿는 순간, 그 무영비가 신물주의 정수리를 향해 쏘아졌다.

타— 앙!

피월려는 유연한 움직임으로 검을 놀려 무영비가 피부에 닿기 직전에 쳐내었다.

그러자 이번에는 즉시 고개를 숙인 신물주가 허리를 뒤쪽으로 뒤틀며 피월려의 겨드랑이 사이로 손을 넣었다. 피월려는 당황했지만, 신물주는 아랑곳하지 않고 팔꿈치를 직각으로 굽힌 후에 손목을 튕겼다.

강한 내력을 담은 얇은 자검이 피월려의 관자놀이로 날아드는 다른 무영비를 저지했다.

파앙!

내력이 담긴 자검과 부딪친 무영비가 고운 소리를 낼 리 없다.

귓가에서 터지는 파공음에 피월려는 고막이 찢어지는 듯한 고통을 느꼈고, 눈이 반사적으로 감겨왔다. 그러나 무영비를 시선에서 벗어나게는 할 수 없었기에 온 힘을 다해서 억지로 눈을 떴고, 그 결과 땅에서 곡선을 그리며 올라오며 신물주의 심장을 노리는 무영비의 움직임이 보였다.

무영비는 하나의 독자적인 생물이라고 해도 과언이 아니었다. 피월려는 혀를 내두르며 왼쪽 다리를 축으로 삼아 오른쪽 다리를 높이 차올렸다.

타악!

오른발에 맞은 무영비가 하늘까지 솟을 기세로 수직으로 상승하더니 천장에 박혔다.

"말도 안 돼!"

객잔 안 어딘가에서 조용히 몸을 숨기고 있던 무영비주는 속에서부터 끓어오르는 불신에 도저히 말을 내뱉지 않을 수 없었다. 그가 십 년이 넘는 세월 동안 단련해 온 무영비가 어떤 신물인데! 그는 그것을 발로 쳐내 버린다는 것이 얼마나 허무맹랑한 일인지도 잘 알고 있었다.

강호에서 내로라하는 고수들도 그 움직임을 간파하기 어려워 검으로도 겨우 맞출 수 있는 무영비의 검면을 정확히 노려 발로 방향을 바꿔 버리는 짓은 지금껏 본 적도, 들어본 적도 없다.

무영비주의 눈이 살심으로 물들었다. 편하게 내력을 고갈시켜 말려 죽일 작정이었으나 이제부터는 무영사를 타고 무영비에 검기를 실을 작정이다. 막심한 내력의 소모가 있지만 무영비의 약점인 속도를 보완하여 무적으로 만들어주는 무영비도기(無影飛刀氣)를 주입하면 얼마든지 죽일 수 있다. 그는 눈을 감고 단전에서부터 내력을 모조리 끌어올렸다.

그때였다.

"지금부터 내력을 가라앉히지 않으면 죽습니다."

등골에서부터 찌르르한 느낌이 척추를 타고 흘렀다. 무영비주는 슬며시 눈을 뜨며 시키는 대로 내력을 우선 가라앉혔다.

얇고 가녀린 몸매를 그대로 드러내는 얇은 옷을 입은 한 여인이 오른손으로 무영비주의 얼굴을 가리키고 있었다. 그녀의 오른손에는 무영비와 견주어도 손색이 없을 만큼 날카로운 수검(手劍)이 쥐어져 있었다.

"내가 여기 있는지 어찌 알았소?"

"소리를 내주어서 고맙다고 말하고 싶군요. 피 공자와 신물주를 습격한 이유가 무엇입니까?"

무영비주는 그 질문에 대답하는 대신 깊은 한숨을 쉬었다.

"비도의 가장 취약한 점이 무엇인지 아시오?"

접근전(接近戰)이다. 주하도 그것을 잘 알기에 정면에서 살수를 펼치려고 하는 것이 아니겠는가?

"질문에 대답이나 하십시오."

주하의 목소리가 표독스럽게 변했다. 무영비주의 표정이 왠지 모르게 여유로웠기 때문이다.

"아시리라 믿소. 바로 접근전이오. 씹어먹을 당문 개자식들에게 멸문당하고 우리는 그 취약점을 없애고자 무영비를 제외한 모든 암기를 버렸고, 그로 말미암아 얻은 것이 바로 무영각(無影脚)이오."

무언가 이상한 낌새를 눈치챈 주하는 즉시 탈영수검을 펼쳤다. 탈영수검은 본디 어둠 속에서 적의 사혈을 정확히 노리는 암살 무공이지만, 접근전이라도 정면에서 펼치면 당해낼 자가 없다.

눈 한 번 깜박할 사이에 주하의 탈영수검이 무영비주의 단전을 향했다. 그러나 그것이 닿기 직전, 무영비주의 신형이 바닥에 푹 꺼지듯 사라졌다.

주하는 손끝에서 확실히 피육을 베는 감각을 느꼈다. 탈영수검이 완전히 펼쳐지지는 못했으나 단전이 아닌 가슴 어딘가를 분명하게 그은 것이다.

그러나 즉시 턱을 향해 날아오는 하나의 발. 맞는다면 두개골이 박살 날 것이다.

주하는 다시 공격할 생각을 접고 몸을 뒤로 크게 구르며 피해내었다. 그러나 자세를 잡기도 전에 비 오듯 각법(脚法)이 쏟아졌다. 그녀는 정신을 차릴 새도 없이 뒤로 물러나며 회피하기에 바빴다.

무영각은 오십 년 전 만들어졌지만 아직 검증을 받지 못했다. 그러나 그 위력만큼은 전통적인 각법을 뛰어넘었다. 방어하는 처지에 놓인 주하는 전신으로 느껴지는 기감에 의존하여 무영비주의 발차기를 종이 한 장 차이로 피해낼 수 있었지만, 단 한 순간도 피하는 것 외에 다른 생각을 할 수 없었다.

그 이유는 그 각법을 눈으로 도저히 좇을 수 없었기 때문이다. 분명 빠른 각법은 아니다. 하지만 환의 묘리를 담아 그 이름처럼 그림자도 보이지 않는 각법이었기에 빠른 속도를 내지 못하여도 상대방으로 하여금 그 위치를 가늠하기 어렵게 만들었다.

놀랍도록 은밀한 연격(連擊)으로 인해서 주하는 계단까지 밀려났고, 결국 거리를 벌리기 위해서 어쩔 수 없이 일 층 아래로 도약했다. 그때, 무영비주에게 회수되던 두 무영비가 공중에서 몸을 움직일 수 없는 그녀를 노렸다.

일순간 당황한 표정이 주하의 얼굴에 떠올랐다. 몸이 자유롭지 못한 공중에서 각기 다른 각도로 쇄도하는 무영비를 피할 재간이 없었기 때문이다.

피월려와 신물주는 그 즉시 높게 도약하여 각각 하나씩 검으로 쳐내었다.

탕! 탕!

허무하게 나가떨어진 무영비가 무영비주에게로 회수되었다.

그의 안색이 창백했는데 가슴에 검상을 입고도 무리해서 각법을 펼친 것이 작은 내상을 만든 것처럼 보였다.

무영비주는 아래에 있는 세 명을 이 층에서 거만한 눈빛으로 바라보며 큰 소리로 말했다.

"피월려, 저 계집과 항상 동행하는 것이 좋을 것이다! 네가 홀로 되는 순간 네놈의 목을……."

무영비주는 말을 끝내지 못했다. 신물주가 가볍게 보법을 전개하여 계단을 올라타고, 자검을 양쪽으로 휘두르며 두 개의 검기를 쏘아 보냈기 때문이다.

계단을 아슬아슬하게 밟고 올라가는 놀라운 보법도 보법이지만 그 와중에 남은 내력을 돌려 두 개의 검기를 아무렇지도 않게 쏘아낸 그 기의 운용법은 너무나도 뛰어났다.

쉬이이익!

무영비주는 말을 마치지 못하고 뒤쪽으로 신형을 숨기면서 검기를 피했다. 그리고 그 즉시 창을 통해서 객잔을 빠져나갔다. 신물주 또한 빠르게 그를 따라갔다.

피월려는 객잔에서 멀어지는 신물주를 보며 크게 외쳤다.

"홀로 감당할 수 있으시오?"

신물주는 걸음을 멈추지 않았으나 뒤를 슬쩍 바라보았다.

"임무이오."

그렇게 말을 남긴 신물주도 나무 사이로 사라져 버렸다.

아까까지만 해도 도움이 필요하다 했던 사람의 태도가 저렇게 변하는 것을 보니 피월려는 기분이 확 상하는 느낌이다. 무영비주는 내상을 당했으니 신물주가 그리 고전하지는 않을 것이라는 생각에 더는 신경 쓰지 않았다.

그런데 옆에 보니 주하가 참담한 표정을 짓고 있다.

"소저는 왜 그러시오?"

주하가 아랫입술을 지그시 깨물며 대답했다.

"살수는 본래 일검에 죽이지 못하면 실패한 것이에요. 오늘 실패 횟수가 하나 늘었군요."

"유감이오."

피월려의 위로에도 살포시 찡그린 주하의 표정은 풀어지지 않았다.

*　　　*　　　*

대낮의 낙양에서 일어난 살인은 함부로 그 흔적을 남겨둘 수 없다. 그렇기에 주하는 한동안 고생하며 그 객잔을 깨끗하게 치웠다. 피월려는 시체를 땅에다 묻는 것 빼고는 단 한 번도 흔적을 지우는 전문적인 방법을 배운 적이 없기에 객잔 밖에서 험악한 인상을 쓰고 파락호처럼 앞에 앉아 사람들이 들어오는 것을 막는 일밖에 할 수 없었다.

"가죠."

객잔 밖으로 나오는 주하의 뒤쪽을 슬며시 본 피월려의 눈이 화등잔처럼 커졌다.

"대, 대단하오."

객잔은 일이 일어나기 전보다 더 깨끗했다.

"기본입니다."

주하는 앞장서 걸었고, 피월려는 넋을 잃고 보다가 번뜩 정신을 차리고 그녀를 따라갔다.

그렇게 피월려는 북문으로 걸어갔다. 그러면서 점차 깊은 생각에 빠졌다.

주하는 혹시 모를 암살에 대비해서 그의 옆에서 걷고 있었는데, 경각심을 가지고 주변을 살피고 있있다. 그녀도 인간인 이상 방금 전 목숨이 오가던 상황에서 벗어났으니 몸에 남아 있는 은근한 긴장감을 바로 지워낼 수는 없었기 때문이다.

그런데 피월려는 땅을 쳐다보며 묵묵히 걸어갈 뿐이다. 방금 전 죽음과 삶이 오가는 전투를 겪은 사람의 행동이라고는 절대 생각할 수 없었다.

하지만 그렇기에 오히려 그의 걸음은 완벽하다고 할 수 있을 정도로 자연스러웠다. 대로에서 걷는 수많은 사람의 걸음과 구분할 수 없었다.

이것은 보법의 차이가 아니라 마음가짐의 차이이다.

주하는 자기도 모르게 물끄러미 피월려를 보았다.

그런 생사혈전(生死血戰)이 삶의 일부가 된 것일까?

아니면 긴장감을 단숨에 씻어내는 정신력이 강한 것일까?

살수의 걸음보다 자연스러운 걸음을 얻기까지……. 그는 지금껏 무슨 경험을 하며 살았을까?

"신물주는 어떤 사람이오?"

주하는 대뜸 물어보는 피월려의 질문에 그에 관한 생각을 멈추고 대답했다.

"신비한 인물입니다."

"신비하다? 그 외의 의견을 듣고 싶소만."

주하는 피월려의 표정을 읽고 그가 말하는 바를 알 것 같았다,

"신물주께서 피 공자를 이용한 것 같아 기분이 상하셨습니까?"

피월려는 자신의 생각을 그대로 이야기했다.

"조금 생각해 보니 알 것 같소. 초면에 살갑게 군것도 그렇고 그가 말한 객잔은 대로에서 벗어난 한가한 곳에 있었소. 그리고 마치 습격을 예상한 민첩한 상황 판단 또한 그렇고."

"……."

"아마 살수로 하여금 쉽게 손을 쓰게 만들려고 일부러 그런 외진 곳으로 데려간 것이 아닌가 하오."

주하는 잠시 생각을 정리한 뒤에 대답했다.

"저도 그렇게 생각합니다. 그러나 그 또한 임무를 완수하기 위함이니 너그럽게 생각해 주셨으면 합니다."

피월려는 잠시 침묵했다.

주하는 그 모습을 보며 무언가 묻고 싶었지만, 그에게서 보이는 알 수 없는 분위기에 그의 입술이 열리기를 기다렸다.

곧 피월려가 말했다.

"내가 입교한 것이 실감이 나지 않아서 하는 말인데, 천마신교의 인물들은 항상 이렇게 독자적으로 임무를 수행하오?"

"제일대만 그렇습니다."

"아무리 제일대라 하나 서로를 이용하여 목적을 이루느냐 이 말이오."

주하는 피월려의 말속에 담긴 은근한 불만을 느꼈다.

주하는 그녀의 성격대로 단도직입적으로 물었다.

"제가 피 공자와 동행하는 이유가 무엇이라 생각합니까?"

"그야……."

피월려는 말을 멈췄다.

그녀는 감시역이다.

주하는 피월려에게서 눈길을 돌리며 말했다.

"본 교는 상명하복이라는 법으로 말미암아 강한 자만이 살아남는 집단입니다. 그러나 거기서 파생되는 개인주의적인 경향 때문에 가끔 천마신교라는 공동체가 뒷전으로 몰리기 십상입니다."

서로가 서로를 경쟁하여 짓밟고 올라서는 철혈의 세계에서 자기보다 공동체를 더욱 소중히 여기는 마음이 생겨날 리 없다. 천마신교를 강하게 만드는 질서가 오히려 천마신교를 망하게 하는 질서가 될 수도 있는 것이다.

주하가 말을 이었다.

"본 교의 암묵적인 절대적 법칙은 바로 충성입니다. 그렇기에 태생마교인이 아닌 밖에서 영입된 고수들은 거의 대부분 사용되고 버려집니다."

"버려진다……."

우연하게도 그때 피월려와 주하는 황룡무가의 옆을 지나가고 있었다. 황룡무가의 정문은 굳게 닫혀 있었고, 쥐새끼 하나 없는 듯 고요했다.

피월려는 황룡무가의 지하에서 만 하루를 보낸 기억이 났다.

그것으로 시험은 끝난 것이 아닌가?

아니면 시험을 빙자로 계속해서 이용당할 것인가?

침묵하는 피월려에게 주하가 말했다.

"피 공자도 그것을 감수하고서라도 천마신교의 마공을 배워 고강한 무공을 취하기 위해 입교하신 것이 아닙니까?"

"……."

"진실을 이야기하자면 입교하여 한 달을 넘기지 못하고 죽은 이는 지금껏 백 단위를 넘었습니다. 피 공자는 천 공자와의 일전에서 승리하셨기에 많은 이가 관심을 두고 지켜보는 것이지, 만약 그러한 무위가 없었더라면 아무도 신경 쓰지 않았을 것입니다."

피월려는 아까 전에 대전에서 자신을 향해 외치던 서화능이 생각났다. 마교에 입교하였다는 그 말이 왜 그리도 멀게 느껴지는지 피월려는 한숨을 쉬고 싶었으나 속으로 삭였다.

"하나만 더 물어보겠소."

"물어보십시오."

"지금 내가 가는 곳, 그곳에서 나는 또다시 이용될 것으로 생각하오?"

"……."

주하는 침묵으로 긍정을 표했다.

그녀는 지금 피월려의 마음속에 피어나는 생각이 무엇인지 궁금해졌다.

후회일까?

아니면 배신감일까?

알 수 없었다. 그렇기에 무심코 피월려의 눈을 보았다.

그리고 그녀는 놀랐다.

보이지 않게 타오르는 피월려의 눈길이 황룡무가의 정문에 꽂혔다.

그가 작게 중얼거렸다.

"살아남아 주지."

작은 혼잣말이었으나 주하는 머리카락이 모두 곤두서는 섬뜩한 느낌을 받았다. 그녀는 한동안 자기도 모르게 멍하니 피월려를 바라보고 말았다.

*　　　*　　　*

피월려와 주하는 곧 북문에 도착했다.

성안으로 들어오려고 줄을 서서 기다리는 사람과 그런 사람들을 상대하려는 장사치들로 이뤄진 군중 안에서, 한 젊은 여인이 걸어와 피월려에게 말을 걸었다.

"늦었군요, 피 공자."

평범한 외모의 그녀는 평범한 의복을 입고 있었다. 피월려도 그녀가 말을 걸지 않았다면 금방 잊었을 정도로 평범했다.

피월려는 그 여인이 자신을 피 공자라고 부르자, 즉시 이대원인 것을 눈치챌 수 있었다.

그가 말했다.

"이대주를 뵈어야 한다 했소."

"따르시지요."

그때, 주하가 뒤에서 말했다.

"혹 나에게 내린 지시도 있니?"

"이대주께서는 별다른 말이 없었어요. 그런데 모습을 드러내고 계시군요? 무슨 일이라도?"

"아니야."

주하는 잠시 고민하더니 곧 피월려의 뒤쪽에서 따라갔다.

이대원이 이끄는 길을 따라 관로에서 벗어나 숲으로 들어갔다. 길은 점차 사라지고 나무가 빽빽하게 들어선 험한 지형을 가로질러 걸었다. 그토록 복잡한 지형에선 누구도 보법을 제대로 펼칠 수 없었다. 그래서 내공이 없어 빠른 보법을 펼치지 못하는 피월려는 여인들을 허덕이며 따라가는 추태를 보이지 않을 수 있었기에 참으로 다행스러운 일이 아닐 수 없었다.

약 반시진이 흐르자 그들은 훤히 트인 공터에 도착했다.

피월려는 이곳을 기억했다. 지금까지 본 여인 중 가장 아름다운 여인을 살해한 곳을 기억하지 못할 리 없다. 해가 뜬 대낮의 풍경은 밤의 절경과 사뭇 달랐으나, 그 형태로 피월려는 충분히 짐작할 수 있었다.

이곳은 며칠 전 밤, 자신이 진설린의 심장에 검을 쑤셔 박은 곳이다.

그리고 지금 그녀는 소소한 옷차림으로 그 공터의 중심에서 허공을 바라보며 멍하니 서 있다.

피월려는 진설린을 본 순간 그 자리에 몸이 굳어버렸다. 그에게는 백치미가 느껴지는 진설린 옆에 있는 나른한 표정의 나지오나 온몸을 검은 붕대로 얼굴까지 감은 초류선은 눈에 들어오지도 않았다.

왜 죽었어야 할 여인이 멀쩡히 살아 있는 것인가?

피월려의 정신은 깊은 혼란에 빠졌다.

"어여, 피월려? 이리로 안 오고 뭐해?"

나지오의 목소리가 피월려의 귓가로 들어와서 그대로 반대 귀로 나갔다. 주하가 피월려의 어깨를 툭 건드렸다.

"피 공자?"

그제야 피월려는 정신을 차리고 주하를 보았다. 그의 표정은 굳어 있었고 눈동자는 경악을 담고 있었다.

"어찌 낙양제일미가 저렇게 멀쩡히 살아 있을 수 있소?"

주하는 어리둥절한 표정으로 되물었다.

"예? 무슨 말을 하시는 거죠?"

"어찌 그녀가……."

주하는 그를 이상하게 볼 뿐 대답하지 않았다.

피월려는 심호흡을 몇 번 한 뒤에 나지오와 초류선, 그리고 진설린이 있는 곳으로 걸어갔다. 초류선과 나지오는 그를 바라보고 있었으나 진설린은 주위에 어떠한 일도 인지하지 못하는지 마치 석상처럼 굳어 아무런 움직임도 취하지 않았다.

피월려는 불신이 담긴 눈길을 진설린에게 고정한 상태로 말했다.

"살아 있었소?"

대답은 나지오가 했다.

"심장을 찌른 본인이 잘 알 텐데? 반죽었었지. 이건 미내로 할망구의 작품이야."

"작품?"

나지오는 양손으로 기지개를 켜더니 뒷머리를 받쳤다.

"곧 알게 될 테니 조급해하지 마. 그리고 선 매, 피월려가 왔으니 나는 애들한테 가봐야겠어. 내가 없어도 잘하겠지만 이래 봬도 대주인 내가 확인해 봐야지. 상대가 상대인 만큼 소홀하면 안 되겠지."

초류선이 고개를 끄덕였다.

"곧 따라가겠습니다."

"응."

나지오는 별다른 말없이 그대로 보법을 전개해 두 개의 거대한 검을 달랑거리며 숲속으로 사라졌다. 피월려는 진설린을 뚫어지도록 쳐다보느라 나지오가 어떻게 사라졌는지도 몰랐다.

초류선이 그런 그를 묘한 눈길로 바라보며 물었다.

"피 대원? 괜찮으신가요?"

피월려의 눈길은 움직이지 않았다.

"괜찮소."

"임무를 전해도 될까요?"

"그 전에 상황 설명부터 부탁하겠소."

피월려의 눈동자에서 굳은 의지가 엿보였다.

초류선은 잠시 침묵한 후 피월려에게 설명하기 시작했다.

"임시로 봉문(縫門)한 황룡무가, 그리고 진파진에 대해서 들으신 바가 있나요?"

황룡검주 진파진이라면 자식들을 사지로 내몬 자다. 피월려도 그의 허무했던 그 눈빛이 잊히지 않았다.

"실종되었다 들었소만."

"그가 실종된 이유는 바로 자신의 딸을 찾기 위해서예요."

"낙양제일미 말이오?"

"예."

자신이 버린 딸이 아닌가? 피월려는 이해할 수 없다는 눈을 가늘게 떴다.

"이제 와서 찾는다는 말이오?"

"그뿐만이 아니라 이곳에 있다는 사실도 지금쯤 알게 되었을 것이에요. 즉, 이쪽으로 오고 있다는 말이 되겠죠."

"이상하오."

"예?"

피월려는 드디어 진설린에게서 눈길을 돌려 하늘을 보았다.

"나는 도저히 황룡검주의 생각을 이해할 수 없소."

"그럴 수밖에요. 그는 광인(狂人)이었으니까요."

"광인? 그건 무슨 말이오?"

"……."

초류선은 잠시 말을 않고 뜸 들였고, 피월려는 한숨을 내쉬었다.

"말할 수 없다면 하지 않으셔도 되오."

그러자 초류선이 고개를 옆으로 흔들었다.

"아니요. 말할 수 없다는 뜻이 아니었어요. 나 대주에게서 황룡검주의 행동에 대해서 이야기를 들었을 때 그가 조금 이상하다는 생각을 하지 못하셨나요?"

물론 이상한 점이 한둘이 아니었다. 아들에게 질투심을 느끼고 아내를 의심하여 천마신교에 아내의 문란한 생활에 대해 의뢰했다는 그 첫 단추부터가 참으로 기이했다. 그러나 거대문파의 수장이라는 그 권력으로 말미암아 변질한 백도무림인이라고 편하게 생각했을 뿐이다.

"이상하다곤 여겼으나 그저 거대 세력의 피비린내 나는 내분이라 생각했소."

초류선이 천천히 설명했다.

"본래 황룡검주 진파진은 그런 인물이 아니었어요. 그가 본 지부에 은밀한 의뢰를 했을 때, 이 일을 기이하게 여긴 서화능께서 마조대의 오 할 이상을 집중하여 그의 성품의 변화를 주시했고, 그로 인해 얻은 결론은 그가 주화입마 초기 증상에 걸렸다는 것이었어요."

주화입마는 심마와 비슷한 것이지만 심마는 즉각적인 죽음으로 이어지고 또한 그 순간에 즉각적인 치료가 가능하다는 점이 있다.

반면 주화입마는 골수와 뇌로 마기가 침범하여 인품과 무공이 마(魔)로 변질하며 속에 가득 참아왔던 광기가 폭발하여 마구잡이로 살생을 저지르는 등의 악행을 일삼게 되고, 스스로 깨어나지 않는 한 타인의 치료가 거의 불가능하다고 알려져 있다. 결국에는 대부분 자신의 몸을 돌보지 않고 내공을 무리하게 운행하여 죽음에 이르게 된다.

피월려는 황룡검주라는 거대 세가의 수장이자 초절정의 고수가 주화입마에 빠져들었다는 사실을 믿기 어려웠다. 정순한 내공을 익히는 백도의 내공심법은 고강하면 고강할수록 주화입마가 일어나기 매우 어렵기 때문이다.

"그렇다면 황룡검주의 성품이 변하게 된 이유가 바로 주화입마 때문이라는 것이오?"

초류선은 고개를 끄덕였다.

"황룡검주의 내공은 순수하고 심후하여 주화입마의 시기가 매우 지연되었지만 결국 순차적으로 주화입마 말기까지 왔어요. 사념으로 말미암은 마기가 그의 골수를 침투하여 아내를 의심하고 아들에게 질투심을 느끼는 정도에서 그치지 않고 아들과 딸을 파는 선택을 할 정도로 그는 완전한 광인이 되었었죠. 그렇게 자멸하리라고 예상했던 황룡검주는 아들의 죽음과 딸의 실종을 후회하면서 연이어 정신에 충격을 받았습니다. 그런데 그것이 하나의 깨달음이 되어 골수에 치민 마기를 밀어내었고, 마기로 개간된 그의 정신과 혈도를 통해 정순한 그의 내공이 움직였죠. 즉, 조화경을 이룩했습니다."

피월려는 어안이 벙벙했다.

"입신의 경지에 올라섰다는 말이오? 주화입마로?"

"예."

조화경(調和境)이라 불리는 경지는 인간이 이룩할 수 있는 마지막 단계로 경외를 담아 입신(入神), 즉 신이 되었다고 칭한다.

조화경의 고수는 내공이 일 갑자가 넘는 고수가 지고한 깨달음을 얻어 생사혈관(生死血管)이라 불리는 임독양맥(任督兩脈)이 타통(打通)되어서 외우주와 내우주의 지경이 사라지고, 자연과 하나가 되어 마르지 않는 내공을 갖게 된다고 알려져 있다. 또한 근골이 뒤바뀌는 환골탈태(換骨脫胎)를 경험하며 다시 젊어지는 반로환동(返老還童)으로 인해서 최상의 신체로 거듭나 수명이 배 이상 연장된다고도 알려져 있다.

즉, 인간의 육체와 정신이 그 한계에서 완전히 벗어나는 것이다.

당금 무림에서 천하제일검이라 칭송을 받는 무당의 검선(劍仙) 이소운이 바로 이 조화경의 고수로 잘 알려졌다. 그 외에는 중원 곳곳에서 몇몇 고수도 조화경을 이룩했다고 소문이 나기는 했으나, 중원의 모든 사람이 하나같이 동의하는 정도는 이소운밖에 없었다. 모든 사람의 공통된 견해는, 소수 의견까지도 고려한다 한들 중원에 있는 모든 조화경의 고수의 숫자가 다섯 손가락으로 셀 수 있다는 것이다.

그렇기에 황룡검주 진파진이 조화경의 고수가 되었다면 천하에서 가장 강력한 무인 중 하나가 탄생하는, 전 무림을 진동시킬 사건이 발생한 것이다. 피월려도 이 사실의 막중함을 깨닫고는 흥분을 가라앉히지 못한 목소리로 되물었다.

"정녕… 또 한 명의 조화경의 고수가 나타났다는 것이오?"

"이대로라면 황룡무가가 낙양은 물론이고 하남성과 섬서성 전체에 영향을 미칠지 몰라요."

피월려의 머릿속에 이번 일이 어떻게 돌아가는지 그 내막이 그려졌다.

그는 진설린을 돌아보았다.

그녀는 여전히 같은 자세를 취하고 있었다.

피월려가 나지막하게 말했다.

"그 전에 황룡검주를 죽이는 것이로군."

"그래요. 입신의 경지에 오르며 주화입마에서 벗어난 황룡검주가 지금 유일하게 집착하는 것은 낙양제일미. 마기에 억눌려 저지른 참담한 일 중 그나마 되돌릴 수 있는, 실낱같은 희망을 되찾으려는 거예요. 지부장께서는 이제 갓 조화경에 들어서 새로운 몸에 익숙하지 못하고 또한 주화입마의 영향이 조금이라도 남아 있을 확률이 높은 황룡검주가 더욱더 높은 심득을 얻기 전에 제거하기로 하셨어요."

"……."

"죄송하지만 급히 결정된 사항이라 준비할 것이 많아요. 저 또한 지금 이곳의 자리를 비워야 합니다. 나 대주께서 오대원을 통솔하여 천라지망(天羅地網)을 펼치실 때에 제가 이끄는 이대원이 그들의 연락책이 되어야 하기 때문입니다."

천라지망은 한 명의 고수를 상대로 하여 천 단위의 인원이 수십 리에 걸쳐서 넓게 포진하여 합공하는 진을 칭한다. 천마신교 낙양지부의 제오대와 제이대는 지금 진파진을 상대하기 위해서 이곳에 천 명이 넘어가는 인원으로 거대한 진을 짜고 있는 것이다.

"천라지망으로 황룡검주를 상대하는 것이오?"

피월려는 이야기꾼들의 말 속에만 존재한다고 믿었던 천라지망과 조화경에 접어든 고수의 싸움을 실제로 보게 된다는 생각에 흥분하지 않을 수 없었다.

"피 대원께서 저희를 도와주셔야 합니다. 서 지부장님께서 말씀하신 것을 전해 드리겠습니다."

천라지망은커녕 진법에 관한 서적도 읽어보지 못한 피월려는 자신이 과연 무슨 일을 맡게 될지 궁금증이 들었다.

"말씀하시오."

초류선은 잠시 그의 시선을 마주 보더니 곧 격양된 목소리로 서화능의 명을 전했다.

"명한다. 황룡검주의 시선을 끌어 북쪽으로 유인하되 도중에 낙양제일미가 상하는 일은 절대 없어야 한다. 즉, 천라지망의 중심이자 미끼가 된다. 황룡검주가 죽을 시에는 황룡검을 지부로 가져오라. 이상입니다."

서화능의 명령은 초기에는 보안을 위해서인지 자세한 사항을 전달하지 않고 후에 있을 명령을 확인할 수 있을 정도까지만 알려준다.

황룡검과 낙양제일미. 이들이 황룡무가의 두 보물인 것이다.

피월려는 무릎을 꿇고 포권을 취했다.

"존명."

"행운을 빕니다. 연기력을 천성적으로 타고나신 피 대원도 이번 일은 힘들겠군요."

칭찬인지 비난인지 알 수 없는 말을 한 초류선이 몸을 돌리려 하자 피월려가 이를 제지했다.

"잠시 물어볼 것이 있소."

"무엇이죠?"

"낙양제일미는 정말 어떻게 된 것이오? 미내로 어르신의 작품이라는 것은 무엇이고."

"그것은 아직 말해 드릴 수 없습니다. 차차 알게 될 것입니다."

난칼에 서절한 초류선은 즉시 보법을 선개하여 주하와 나른 이대원과 함께 나지오가 사라진 북쪽 수풀 속으로 사라졌다. 그들의 놀라운 보법을 보며 피월려는 과연 미끼가 되는 임무가 자신에게 어울릴지 의구심이 들었다.

서화능은 과연 피월려가 보법을 익히지 않았다는 것을 아는가? 왜 이 일을 그에게 맡겼는가? 그리고 진설린은 심장을 꿰뚫리고도 어떻게 살아났는가? 정말 살아 있는 것인가?

피월려는 머리가 복잡해지는 것이 싫었고, 그래서 생각을 멈췄다.

*　　　　*　　　　*

해가 하늘의 가장 높은 곳에 머무르며 하루 중 가장 강한 빛을 내었다.

가부좌를 튼 피월려의 기감에 대자연에 흐르는 기조차 반응할 정도의 막강한 기운이 감지되었다. 옷깃조차 파르르 떨리는 그 기의 존재가 앞에 왔다는 것을 느낀 피월려는 명상을 멈추고 눈을 떴다.

피월려의 눈앞에는 황룡이 양각된 호화스러운 검을 든 이십 대 중반의 사내가 서 있었다. 신비한 느낌의 백발과 훤칠한 키에 말끔한 피부를 가진 그 청년은 형용할 수 없는 기운을 눈동자 속에 내포하고 있었다.

피월려는 금룡 진설혼의 얼굴을 기억했다. 그 사내의 이목구비는 진설혼의 것과 너무나도 똑같았다.

그러나 진설혼은 이미 이 세상 사람이 아니다.

그리고 머리카락이 저렇게 하얗지도 않았다.

"자네가 노부(老夫)에게 서찰을 보낸 피월려 되시는가?"

피월려는 노부라는 그 말에서, 그 청년이 황룡무가의 가주 황룡검주 진파진이라는 것을 확신했다. 지금껏 조화경의 고수를 보지 못했기에, 반로환동을 이룩한 진파진의 젊은 얼굴을 보며, 무공의 끝이라는 조화경에 대해서 다시금 경외감을 가지게 되었다.

피월려는 가부좌를 풀고 자리에서 일어나며 공손히 말했다.

"그렇습니다."

진파진은 진설린을 슬쩍 흘겨보더니 말했다.

"천마신교에서 린아를 이곳까지 데리고 나온 것을 보면, 자네에게도 무슨 일이 있었던 것 같은데……."

피월려는 침을 삼킨 후에 준비해 둔 말을 머릿속으로 정리했다.

"전 임무를 실패한 죄로써 내공을 모두 잃었습니다. 지금까지 노력했으나 내공을 되찾는 것은 불가능하다고 결론이 나 지금은 개만도 못한 신세입니다. 제가 천마신교를 배신하면서까지 낙양제일미를 이곳으로 빼돌린 이유는 다름 아닌 복수 때문입니다."

"복수라?"

"그렇습니다. 제가 임무를 실패한 원인은 바로 제 동료 중 하나였던 천서휘라는 자입니다. 그가 바로 금룡을 살해한 자입니다. 그가 제 무공을 시기하여 더러운 수작을 부린 탓에 제 임무를 실패하게 하였습니다."

진파진은 금룡이라는 단어를 듣고도 평정심을 잃지 않았다. 오히려 건조한 반응은 내비쳤다.

"확실히 무림인처럼 근골이 좋으나 내력이 한 줌도 없군."

피월려는 혹시나 진파진이 눈치챌까 봐 눈을 마주치지 않으며 말을 이었다.

"저에게 또 다른 인생을 준 천마신교와 서화능 님에게는 여전히 감사하는 마음밖에 없습니다. 그러나 천서휘 그자를 죽이려면 어떠한 일도 마다하지 않을 것입니다. 그렇기에 어르신께 부탁드리기 위해서 낙양제일미를 빼돌린 것입니다."

"그럼 그대는 설마 노부가 제자 네 명을 죽인 자네에게 내공을 되찾아줄 것으로 생각했는가?"

피월려는 진설린을 호위하던 네 명의 무사를 죽였다. 진파진은 그 일을 말하는 것이다.

그런데 목소리가 봄바람처럼 온화했다. 제자 네 명을 죽인 상대와 대화하면서는 절대 나올 수 없는 평온함이 느껴졌다.

피월려는 최대한 목소리를 가다듬으며 입을 열었다.

"그런 것까지는 바라지 않습니다. 어차피 천마신교를 배신한 이상 저는 죽은 목숨입니다. 제가 소망하는 것은 오직 천서휘의 죽음입니다. 조화경에 이르셨다 하니 당연히 그럴 능력이 있다 생각하였습니다."

"노부는 당연히 아들을 살해한 그자를 능지처참할 것이야. 그런데 그대가 이런 선의를 베푼 이유를 모르겠군."

"만약 천서휘를 우연히게나마 보게 되면 그러시겠지요. 그러나 위험을 무릅쓰고 천서휘를 추적하지는 않으실 것으로 생각합니다."

"왜 그렇게 생각했는가?"

"따님과 황룡무가의 안전이 우선 아니겠습니까? 그리고 일단 따님만 구한다면 황룡무가의 가주로 계신 황룡검주께서는 천마신교와는 다시 외교로써 다가가지 않겠습니까? 그래도 한 문파의 수장이시니 말입니다."

"그래서 노부가 다시 천마신교와 화친을 표한다 해도 천서휘라는 자의 죽음만큼은 확정해 달라?"

"그렇습니다."

"자네, 교활하군."

"그만큼 복수심이 강하다고 보시면 됩니다."

피월려나 진파진이나 목소리만 들으면 멋진 자연을 감상하며 시를 읊는 것 같은 편안함이 녹아 있었다. 그러나 그들의 대화 속에 담긴 의미는 살벌하고 잔인하고 또한 냉담하기까지 했다.

진파진은 피월려를 묘한 눈길로 바라보다 진설린에게로 시선을 옮겼다.

"노부가 린아를 보니 온몸의 기혈이 막혀 있고 육과 정이 조화롭지 못한 것 같네. 린아와 함께 나올 때 무슨 일이 있었는가?"

"나올 때까지만 해도 괜찮았습니다. 그러나 점점 기혈이 막히는 것이 아마 특이한 점혈(點穴)을 해둔 것 같았습니다. 그러나 조화경에 오르신 황룡검주라면 충분히 해혈하실 수 있으리라 믿어……."

진파진은 딱 잘라 말했다.

"노부도 자신이 없군. 누가 했는가?"

"따님께서 감금되어 있었던 곳은 이곳보다 북쪽에 있는 곳입니다. 제가 그녀를 처음 보았을 때에는 이미 누군가에게 점혈을 당한 후였습니다."

"결론은 어차피 죽는다는 것인가? 그럼 린아를 데리고 나온 그대의 수고도 수포로 돌아가겠군. 그렇지 않나?"

마치 지나가는 개가 죽는 것을 보고 말하는 것 같다. 피월려는 자신의 딸의 죽음에 대해서 이토록 초연한 말투로 딱딱하게 말하는 진파진을 이해할 수 없었다.

피월려가 알기로는 지금 진파진은 진설린을 찾고자 모든 것을 버려두고 홀로 황룡무가를 나온 상태이다. 그 때문에 황룡무가도 임시로 봉문했다. 그런데 정작 딸을 만나고도 그리 기뻐 보이지 않았고, 그녀가 죽어가는 데에도 그리 슬퍼 보이지 않았다.

피월려가 말을 잇지 못하고 있자 진파진이 외투를 벗고 진설린에게 다가가 그녀를 등에 업었다. 몸을 움직이지 못하는 진설린의 몸을 등에 고정하기 위해서 외투를 둘러 단단히 묶고 피월려를 보며 말했다.

"가세."

"예?"

"북이라 하지 않았는가? 안내하게."

"……."

피월려는 갑자기 예상치 못하게 일이 쉽게 풀려 당황했다. 진파진이 황룡검을 이리저리 휘두르며 진설린으로 인한 몸의 제약을 파악하며 말했다.

"북쪽에서 수많은 기척이 느껴지니, 지금쯤 린아가 사라진 사실이 발각되어 찾는 것이 아닌가 생각되네. 그러니 알려줄 수밖에."

피월려는 말을 더듬으며 연기했다.

"그, 그러나 그곳에는 낙양지부의 최정예 무사를 비롯한 수많은 마인이 있을 것입니다. 단신으로, 그것도 여인을 등에 업고 그들을 모두 상대하는 것은 불가능합니다."

진파진은 작은 미소를 지었다.

"그건 가보면 알겠지."

피월려는 얼떨떨한 표정을 감추지 못하였으나 진파진은 무표정한 얼굴로 피월려를 응시했다.

"정 그러시다면……."

피월려는 골치 아픈 부분을 얼떨결에 넘겨 다행이라는 생각을 하였으나, 겉으로는 하는 수 없다는 듯이 나지오와 초류선이 사라진 그 길로 먼저 들어섰다.

진파진와 피월려가 걷는 곳은 숲이라 하기에는 조금 무리가 있을 정도로 듬성듬성 곧게 뻗은 나무와 이런저런 돌들로 이뤄졌다. 그곳은 전체적으로 평평하고 균일하여 자칫 잘못하면 방향을 잃어버리기 십상이었으나, 사람이 지나다니는 흔적이 전혀 없음에도 걷는 데 딱히 힘들지 않은 그런 곳이었다.

진설린을 등에 업은 진파진은 무엇이 도사리고 있을지 모르는 적진 한복판에 들어서면서도, 산책이라도 하는 듯한 표정이었다. 천 명이 넘어가는 천마신교의 마인들이 죽음의 진을 치고 있다는 것을 확실히 아는 피월려의 굳은 표정과는 다소 상반되었다.

피월려는 앞서가며 북쪽이라 짐작되는 곳으로 무작정 걸었다. 설마 진파진이 눈치를 챌까, 혹 무슨 일이 일어나진 않을까 하는 걱정 때문에 머리를 쥐어박고 싶었지만, 최대한 내색하지 않았다. 그는 언제쯤 천마신교의 마인들이 공격하기 시작할 것인지 그것만 눈치 보며 진파진이 잘 따라오나, 가끔씩 뒤돌아보았다.

그때마다 진파진은 의미 모를 작은 미소를 지었고, 그때마다 피월려는 정신적으로 더욱 피곤해졌다.

피월려가 정말 천라지망이 펼쳐졌는지 의심할 정도로 오랫동안 걸었을 때, 진파진이 툭하니 말을 내뱉었다.

"이상할 정도로 조용한 숲이군. 노부가 전 중원을 떠돌아다녔을 때에도 이렇게 고요한 자연은 보지 못했다네. 자연은 밤이든 낮이든 소리를 내게 마련이지."

그러고 보니, 피월려도 새소리는커녕 개미새끼 하나 기어가는 소리도 듣지 못했다.

"과연 대협의 말이 맞는 것 같습니다. 혹시나 특이한 진법에 빠진 것은 아닐까요? 환상을 보여주는……."

진파진은 하늘을 보았다.

"아닐세. 환영은 아니야. 천지인에 이상이 생겼다면 이리도 하늘에 천기가 충만하지 않겠지. 지금 자연이 침묵하는 건 인간이 침범했을 때와 유사하네. 내가 보기에는 이 숲 여기저기에 사람들이 생각보다 빼곡히 퍼져 있는 것 같군. 그러니까 새도 둥지에서 나오질 않고 벌레들도 제 집에서 웅크리는 것이 아니겠는가?"

"전에 낙양제일미를 찾으러 다니는 마인들의 기운이 느껴진다고 하지 않으셨습니까? 그들 때문이 아니겠습니까?"

"아니야. 그렇다면 움직임이 느껴져야 하는데 이건 움직임도 없단 말이지. 백 단위를 훌쩍 넘는 대인원이 기척을 숨기고 왜 이런 외딴 숲에 잠복하고 있을까? 자네는 어떻게 생각하나?"

피월려는 속에서 진파진을 경외함과 동시에 두려움까지 피어났다.

진파진은 분명히 다 알고 말하는 것이다.

어쩔 수 없다.

더 이상 모른 척하다가는 더 의심스러워질 뿐이다.

"침입자가 들어설 경우 천라지망을 펼친다는 이야기를 들었습니다만, 아마 저희가 이곳에 들어온 것을 아는 모양입니다. 그러면 빠르게 이곳을 벗어나야……."

진파진은 손을 내저었다.

"아닐세. 노부는 이 천라지망을 지휘하는 자에게 린아를 점혈한 자의 소재를 물을 것이네. 애초에 그렇게 하려고 이곳에 온 것이고. 그렇기에 노부는 지금 느껴지는 천라지망의 기운에 가장 중심으로 갈 생각이네."

"그러면 북쪽으로 계속 걷겠습니까?"

"북북동이네. 자네가 가려 했던 방향에서 조금만 동쪽으로 치우쳐서 걸으면 되네."

그렇게 말한 진파진은 피월려를 지나 앞으로 걸었다.

피월려는 그를 따라 걸으며 물었다.

"황룡검주께서는 천마신교의 천라지망을 그리 경계하시는 것 같지 않습니다. 혹시 무슨 수가 있습니까?"

진파진은 걸음을 멈추지 않고 대답했다.

"조화경을 이룩하니 내외공이 무관하고 무한하며, 보이지 않던 것이 보이고 들리지 않던 것이 들리며 느끼지 못했던 것이 느껴지네. 아무리 실력만큼은 전 중원에서 으뜸가는 천마신교의 마인들이 펼친 천라지망이라 할지라도, 노부를 해하지 못할 것이라는 것 또한 아네."

"무슨 뜻입니까?"

"노부의 무위가 이 천라지망을 뛰어넘는다는 이야길세. 린아를 등에 업고도 말이지."

"……."

"자만이라 생각하나? 그러나 자네도 곧 진실을 알게 될 것이네. 노부가 자만한 것인지, 아니면 천마신교가 자만한 것인지."

"그럼 대협 옆에서 대협의 무위를 견식하겠습니다."

"좋지. 물론 마지막까지 그대의 생명은 장담하지 못하겠지만. 껄껄껄."

이십 대 중반의 얼굴을 한 청년의 입에서 나온다고는 절대 생각할 수 없는 웃음소리였다. 그리고 그 웃음소리가 멈췄을 때, 갑자기 황룡검이 진파진의 좌우로 춤을 추었다.

아무것도 없는 공간에 홀로 춤을 추는 검.

피월려는 용안에 잡힌 그 모습을 보며 무영비를 떠올렸다.

그러나 진파진의 검에 무영사가 달렸을 리 만무했고, 그것은 조화경을 이룩한 진파진의 놀라운 기의 운용에서 오는 환상이었다.

점차 황룡검에 황금색의 검기가 서리기 시작했다. 처음에는 후광과 같더니 곧 검면 자체에서 금색 기운이 뿜어졌다. 그리고 황룡검에 양각된 황룡이 검과 맞추어 춤을 추기 시작했다.

꿈에서도 보지 못한 화려한 광경에 피월려는 말을 잇지 못했다. 진파진은 오른손을 들어 무작위로 움직이던 황룡검을 낚아챘다. 그러고는 진정시키듯 어루더듬었다. 그러자 황룡검이 파르르 떨리며 공명음을 토했는데, 보통의 보검과 같이 맑고 청아한 음이 아니라 짐승이 위협을 가할 때 내는 끓는 소리였다.

피월려는 그 소리만 듣고도 신경이 곤두서는 것을 느꼈다.

기(氣)의 집합체인 강기(剛氣)는 반투명한 검기와는 다르게 범인의 눈으로도 볼 수 있을 정도로 실체화되어 그 강렬한 기운을 뿜어낸다. 강기는 형태를 가진 유형(有形)의 것이기 때문에 실제로 부딪치면 그 무게가 느껴지며 강렬한 빛을 동반하는 것이 특징이다.

진파진은 그 검을 들어 나뭇잎과 나뭇가지 외에 아무것도 없는 곳을 향하여 베었다. 그러자 황룡의 꼬리와 같은 금빛 검강이 갑자기 쏘아지면서 곧 그 방향에 있는 나무를 강타

했다.

콰콰쾅!

굉음과 함께 거대한 나무 한 그루의 몸통이 꺾이면서 그 전체가 땅 위로 쓰러졌다. 나뭇잎이 우수수 떨어지고 나무 파편이 사방으로 튀었다.

『천마신교 낙양지부』 2권에 계속…